Kraehenspur

Der Autor

Markus Pfau, Jahrgang 1960, lebt und arbeitet am Bodensee. In seiner Feder mischen sich historische Fakten, Fantasie und eigene Erlebnisse.

Bereits erschienen:

Sommerferien, Band 1 (BOD, ISBN 978-3-8423-6209-3)
Sommerferien, Band 2 (BOD, ISBN 978-3-8482-5774-4)

Alle Bände sind auch als e-book erhältlich

Markus Pfau

KRÄHENSPUR

Roman

Bibliografische Information der Deutschen Nationalbibliothek
Die Deutsche Nationalbibliothek verzeichnet diese Publikation
in der Deutschen Nationalbibliografie; detaillierte
bibliografische Daten sind im Internet über http://dnb.d-nb.de
abrufbar.

Umschlag-Gestaltung

Matthias Brugger

Von ihm als Künstler und Autor erschienen:

Der Tod eines Regentropfens: Gedanken, Gedichte, Bilder

ISBN 978-3-7322-8749-9

Matthias.Brugger @ t-online.de

www.spaltenstein-projekt.eu

Herstellung und Verlag

BoD - Books on Demand, Norderstedt

Copyright 2014 Markus Pfau

ISBN: 978-3-7357-3964-3

Gewidmet allen Kindern,
die Opfer von Gewalttaten wurden.

Vorwort des Autors

*Der **Codex Gigas** ist eine der berühmtesten mittelalterlichen Handschriften, seine Texte und Zeichnungen beinhalten nahezu das gesamte Wissen der damaligen gelehrten Welt. Wegen einer der Abbildungen und der Legende, die sich um seine Herstellung rankt, trägt das „riesige Buch" auch den Beinamen **Teufelsbibel**. Irgendwann wurden einige Blätter herausgetrennt, ihr Inhalt ist nicht zweifelsfrei bestimmbar, ihr Verbleib bis heute unbekannt.*

Der richtige Stoff also für einen Roman, in dem historische Elemente für eine fesselnde Handlung in heutiger Zeit sorgen, Intrigen, Verrat, Machtgier und Mord die Gewürze der Spannung sind, weil unterschiedliche Interessengruppen diesen fehlenden Seiten nachjagen.

*So war die **Krähenspur** ursprünglich gedacht, dabei einer dieser Kreise ein Zirkel von Satanisten. Im Lauf meiner Recherchen zu dieser Vereinigung bin ich allerdings auf Geschehnisse und Fakten gestoßen, die in ihrer menschenverachtenden Abscheulichkeit eine bloße Nebenrolle verbieten.*

*Die **Teufelsbibel** ist darum etwas in den Hintergrund gerückt und die, die gemäß der ehemaligen Planung zwischen allen Fronten und Feuern stehen sollten, eine schrullige Kommissarin und der Pfarrer, vielen schon aus den **Sommerferien** bekannt, sind zu den einzigen Gegenspielern dieser skrupellosen und im wahrsten Wortsinn teuflischen Horde von Mördern, Pädophilen und Sadisten geworden, die es tatsächlich mitten in unserer Gesellschaft gibt.*

Auf etwa 50.000 wird die Schar der Satanisten allein in der Bundesrepublik Deutschland geschätzt. Wie viele davon dem harten Kern zuzurechnen sind, der, straff durchorganisiert und bestens international vernetzt, auch vor Kindesmisshandlung und Mord nicht zurückschreckt, ist nicht genau bezifferbar. Dass es ihn gibt, mittlerweile aber unbestritten.

So sind zwar die Personen dieses Romans frei erfunden, nicht aber die Verbrechen der satanistischen Täter. Ihre Schilderung folgt den Berichten von Opfern, Aussteigern und Zeugen, die den Mut hatten, zu reden. Sie haben die Grundlagen geliefert insbesondere für die Schilderung der „Schwarzen Messe" in Kapitel 5 und Hansens Bericht in Kapitel 7, aber auch für alle anderen Sequenzen, die mit ihrem Treiben zu tun haben. Die geschilderten Taten sind also, auch wenn sie in den anderen Kapiteln in einem Dialog erwähnt werden, als Ereignisse zu verstehen, die tatsächlich stattgefunden haben.

Ebenso beruhen die Darstellungen der inneren Struktur dieser Satanistenloge, obgleich sie als solche erdichtet ist, den Schilderungen von Insidern und Sachverständigen.

So will dieses Buch sein, wie es gedacht war: ein Roman, spannend, informativ, unterhaltend. Aber es sind Ansprüche hinzugekommen: es will auch aufrütteln, auf einen Missstand hinweisen, Bewegung erzeugen; damit derartige Tatbestände nicht länger im Dunkeln bleiben, nur weil sie falsch, ungenügend oder schlichtweg überhaupt nicht wahrgenommen werden.

Wie jedoch sollen in einem Roman derart widerliche Taten erscheinen, die es eigentlich gar nicht verdienen, veröffentlicht zu werden, wenn man sie nicht verschweigen, aber schon gar nicht auch nur mit einem Hauch Positivem darstellen möchte? Meine Lösung ist zum einen die sachliche, allein darstellende Beschreibung, ähnlich einem detaillierten Zeitungsbericht, einem Protokoll, unter bewusstem Verzicht auf jegliche Emotionalität; zum anderen, diesen Leuten so weit als möglich ein normales Leben im Roman zu verweigern, sie nicht im Alltag darzustellen, ihnen keine Namen zu geben, also kurz: sie nicht zu personifizieren.

Damit sind auch stilistisch zwei Pole entstanden – die Passagen der Kommissarin und des Pfarrers gegen die Kapitel der Satanisten. Der Kampf „Gut" gegen „Böse" eben, der die letztendliche Entscheidung sucht und braucht, mag sie dann auch in sich noch so widersprüchlich sein.

Am Bodensee, im Frühjahr 2014

1

Genüsslich schmatzend nahm Relling das Rotweinglas vom Mund und schwenkte es auf Augenhöhe behutsam hin und her. „So schmeckst du also", lächelte er vergnügt, während er die spitzbogigen Kirchenfenster begutachtete, die der Wein an der Innenseite des Glases ausbildete. „Und Alkohol hast du offensichtlich auch nicht gerade wenig, sonst wären hier nur flache Bögelchen", resümierte er zufrieden.

Mit gepflegter Langsamkeit zog der Pfarrer das Glas wieder näher zum Gesicht, ließ die Nase über dem Kelch kreisen, nahm einen tiefen Atemzug. Dann stieß er den Kopf in den Nacken. „To heaven", sang er dabei laut den restlichen Refrain des Hits *Stairway to Heaven* von Led Zeppelin mit, den er sich als Hintergrundmusik für seine Verköstigung ausgesucht hatte.

Im Takt der Musik tänzelte er seinen Kelch schlaksig zu einem kleinen Tischchen und stellte ihn mit einem wohlig lang gezogenen „ahh" darauf ab. Dafür nahm er jetzt die Flasche auf, die dem Glas den purpurnen Inhalt gespendet hatte.

„Jaja, der Petrus", brabbelte er vor sich hin, während er zum etwa siebten Mal das durch Gilb angegraute, ursprünglich weiße Etikett studierte. Am oberen Rand, grau, mit ebensolchen Girlanden eingefasst, der Kopf des Apostels, danach dessen Name in fetten roten Lettern, darunter wieder grau der Schriftzug *Pomerol*, danach in Rot die Jahrgangszahl *1975*, unten dann wieder ein Band aus grauen Girlanden. „Fast wie ein Geldschein", hatte er vorhin schon einmal gedacht.

Hastig, wie ein ertapptes Kind, stellte er die Flasche zurück. „So viel Geld", murmelte er vor sich hin, „so irrsinnig viel Geld!"

Gedankenverloren ging er zur Stereoanlage, die gerade verstummt war. „Für einen Rotwein!" Pfarrer Relling schüttelte so heftig den Kopf, dass die längeren graublonden Strähnen seiner Haare durch die Luft wirbelten. Er drückte die Wiederholungstaste und ging zurück zu dem Objekt, das dieses Dilemma in ihm ausgelöst hatte.

Immer noch leicht den Kopf schüttelnd, ließ er sich in den riesigen roten Ledersessel fallen, der vor dem Tischchen stand.

Vor ein paar Jahren, nachdem ihm vom Erzbischöflichen Ordinariat mitgeteilt worden war, dass er die Pfarrei dieses Konstanzer Stadtteils bis zu seinem Ruhestand behalten werde, hatte er mit eigenen Händen den Dachstuhl des Pfarrhauses zu seinem Refugium, wie er es nannte, ausgebaut. Die Dachschrägen mit Brettern verkleidet, einen Dielenboden eingezogen.

Nicht viel hatte er in die Einrichtung des etwa 30 Quadratmeter großen Raumes investiert, aber dennoch viele glückliche Momente seiner Freizeit hier verbracht; zwei große Teppiche, ein Regal für seine Lieblingsbücher, ganz unterschiedliche Bilder, eine Stehlampe, eine Bettcouch, eine Stereo-Anlage, der Sessel, das Tischchen.

Und auf dem stand jetzt, während Led Zeppelin im Hintergrund mit anfänglich noch verhaltenen Tönen abermals ankündigte, dass für eine gewisse Dame gleich mit einem

Klangspektakel eine Treppe in den Himmel führen werde, dieser Wein und schimmerte Relling in dem gedämpften Licht der Stehlampe schwarzlila an.

Der Pfarrer beugte sich aus dem Sessel nach vorne und griff sich das Glas. Nur ganz kurz roch er daran, dann setzte er es an die Lippen und trank es mit drei großen Schlucken leer.

Er klatschte das Glas auf das Tischchen und ließ sich mit einem lauten „whow" zurück in den Sessel fallen. Wie konnte ein Saft aus schnöden Trauben nur so teuflisch köstlich sein! Satte 57 Jahre hatte er alt werden müssen, um erstmals so etwas zu kosten!

Obgleich er gute Rotweine liebte - gekauft hätte sich Relling solch einen Wein niemals. Das kleine Weingut Chateau Petrus, gelegen im Anbaugebiet Perol bei Bordeaux, galt weltweit unter Kennern als Krone der Rotweinerzeugung. Bei vielen Jahrgängen waren Flaschenpreise um die tausend Euro und höher nicht die Ausnahme, sondern die Regel.

Vor gut zwei Jahren hatte Relling diese Flasche *Petrus* von einem schwerkranken Industriellen bekommen, den er in den letzten Lebensmonaten seelsorgerisch begleitet hatte.

Auf dem Sterbebett kommandierte der Alte die Hausangestellte, dem Pfarrer diese Flasche aus dem Keller zu holen und drückte sie ihm in die Hand. Dabei nahm der Todgeweihte ihm das Versprechen ab, den Wein nicht zu verschenken oder zu verkaufen und ihn ausschließlich alleine zu trinken.

Relling maß dem in diesem Moment keine Bedeutung bei und ahnte nur, dass es sich wohl um einen besonderen Tropfen handeln musste. Erst einige Zeit später stellte er die

Flasche seinem altgedienten Weinhändler auf die Theke und bat ihn um eine Werteinschätzung. Nachdem der als Antwort in die Kasse gegriffen und ihm 20 Hundert-Euro-Scheine hingeblättert hatte, bedankte sich Relling höflich und trug seine Flasche vorsichtig nach Hause.

Seither plagten ihn tiefste Zweifel. Was hätte er mit einer solchen Summe alles bewirken können! Ein verstellbares Bett für das Pflegeheim; neues Spielzeug für die beiden Kindergärten; einer bedürftigen Familie zwei Monate das Überleben sichern; die Patenschaft für ein Kind in Afrika auf die Dauer von mindestens fünf Jahren absichern. Er aber war durch sein gegebenes Wort dazu verpflichtet, den so dringend benötigten neuen Herd für das Waisenhaus in seine Gurgel zu schütten!

Da er es in den ganzen zwei Jahren des Haderns nicht fertiggebracht hatte, das Versprechen eines Pfarrers an einen Sterbenden zu brechen, hatte Relling schließlich seinen Weg zum Einklang gefunden, 10.000 Euro seiner Altersersparnisse abgehoben, damit soziale Einrichtungen unterstützt und sich vorgenommen, den Wein am Abend vor Beginn seines Sommerurlaubs endlich zu trinken.

Beschwingt erhob sich Relling aus dem Sessel, griff sich Glas und Flasche, betrachtete wieder das Etikett. „Wenigstens bist du ein Petrus, da kann ja eigentlich gar nichts falsch laufen", lachte er vor sich hin und goss nach.

Led Zeppelin war fast wieder am Ende des Liedes angekommen. Beide Arme samt Kelch und Flasche nach oben gestreckt, schob Relling den Kopf in den Nacken und sang lauthals mit. „When all are one and one is all, yeah, to be a rock and not to roll, and she's buying a stairway to heaven."

Er hörte kurz ein pfeifendes Geräusch über sich, dann erschütterte ein dumpfer Schlag den Dachstuhl. Ziegel barsten, Holz knackte. Relling ließ vor Schreck Flasche und Glas fallen, warf sich auf den Boden. Ein Schleifen ließ ihn erahnen, dass etwas über sein Dach hinunterrutschte. Beklommen blickte er nach oben, sah aber nur die Paneele der Holzdecke.

Relling rückte seine Brille zurecht, rappelte sich auf und rannte die Treppe hinunter. Langsam öffnete er die Haustür einen Spalt weit und spähte hinaus. Es war nichts zu sehen und zu hören.

Vorsichtig schlich er hinaus Richtung Pfarrgarten, weil er von dort am besten das Dach sehen konnte. Schon während er ging, sah er ständig hinauf, ob er etwas entdecken könnte. In einiger Entfernung hörte er das Motorgeräusch eines Flugzeugs, das lauter wurde, als würde die Maschine landen. Dann zerriss ein Knall die laue Abendluft.

Wieder warf sich Relling bäuchlings hin, bedeckte seinen Hinterkopf mit den Unterarmen. Er war einigermaßen weich in seinem Kräutergarten gelandet, der Duft frischen Basilikums stieg ihm in die Nase. „Bestimmt ein Terroranschlag", dachte er, während er so ausharrte.

Da nichts weiter geschah und er hörte, wie jetzt seine Nachbarn vor die Häuser kamen und aufgeregt redeten, nahm er die Arme vom Kopf und blinzelte durch die Kräuter. Direkt vor seinen Augen lag eine ausgestreckte Frauenhand.

Relling sprang mit einem Ruck auf. Die Hand gehörte zu einem zerschmetterten Körper, der verbogen vor ihm lag. Nach einer weiteren Schrecksekunde beugte Relling sich hinunter, schob erst vorsichtig den blutverschmierten Kragen der braunen Lederjacke, dann den der blau karierten Bluse zur Seite und versuchte, am Hals der Frau einen Puls zu fühlen. Da er nichts spürte, richtete er sich auf und schlug ein Kreuz über ihr.

Die Rettung wollte er dennoch verständigen. Er kramte in seiner Hosentasche nach dem Handy und setzte eine Notfallmeldung ab.

Danach sah er erneut hoch zum Dach. Im oberen Bereich waren auf einer Fläche von gut einem Quadratmeter die Ziegel zerstört, einige fehlten ganz. Nachdenklich sah Relling zu der Frau, dann zum Dach, wieder zu ihr. Wie sie lag, war sie vermutlich auf dem Dach aufgekommen und dann hinabgerutscht.

Rasch kam die Sirene eines Rettungswagens näher. Kurz darauf kam der Wagen vor dem Pfarrhaus zum Stehen, Sanitäter und Notarzt sprangen heraus. Relling winkte sie zu sich. Jetzt strömten auch einige Nachbarn und Passanten herbei und reihten sich am Zaun des Pfarrgartens auf.

„Maria könnte ich auch gleich anrufen", überlegte Relling, während sich die Rettungskräfte um die Frau bemühten. „Wenn man mit der Leiterin der Konstanzer Mordkommission befreundet ist, sollte man es ihr sagen, wenn so etwas geschieht." Er fingerte das Handy wieder aus seiner Tasche und blätterte in dessen Verzeichnis. „Hertkorn", murmelte er dabei vor sich hin. „Ach hier! Hertkorn, Maria-Magdalena!" Relling hatte ihren Eintrag gefunden und drückte auf das Display.

„Hallo Werner", meldete sich die Kommissarin sofort, „ich hab' jetzt keine Zeit! Wir haben hier einen

Flugzeugabsturz im Industriegebiet Süd, melde mich später wieder bei dir!"

Sie hatte schon wieder aufgelegt, bevor Relling auch nur ein Wort sagen konnte. „Da bin ich mir ganz sicher, Maria!", murmelte Relling grinsend und packte das Telefon weg.

„Da ist nichts mehr zu machen", hörte er den Notarzt sagen. „Wir müssen die Polizei rufen", fügte der, an Relling gerichtet, noch bei und schloss den Koffer mit seinen Utensilien. „Bleiben sie so lange hier, Herr Pfarrer?"

„Ja, selbstverständlich", nickte Relling. „Die Polizei habe ich gerade schon zu verständigen versucht. Aber ich glaube es schadet nicht, wenn sie auch nochmals ..." Er brachte den Satz nicht zu Ende. „Bin sofort wieder da!", rief er, eiligen Schrittes Richtung Pfarrhaus entschwindend.

Die Sanitäter bemühten sich, der wachsenden und hektisch durcheinanderquakenden Menge an Schaulustigen zu befehligen, dass ihr Besichtigungsbereich am Gartenzaun endete.

Relling kam wieder aus dem Haus, jetzt mit einem weißen Priestergewand, welches er sich so eilig übergezogen hatte, dass es sich hinten irgendwie im Bund seiner Hose verfangen hatte. Um seinen Hals wehte eine violette Stola, in der Hand hielt er ein schwarzes Kruzifix.

„Ach so", nickte der Notarzt und gesellte sich zur Verstärkung zu seinen Sanitätern.

Pfarrer Relling kniete sich neben die Tote und begann zu beten. „Irgendwas war merkwürdig mit ihrer Hand", erinnerte er sich zwischendurch. „Ein Tattoo auf der Handfläche, oder etwas in der Art." Gewissenhaft vollendete er seine Zeremonie und schielte danach verstohlen zum Zaun.

Rettungskräfte und Zaungäste waren immer noch in einen intensiven Dialog vertieft.

Relling lehnte sich etwas zur Seite, um unter dem Priesterrock den Rosenkranz aus seiner Hosentasche herausfischen zu können. Behutsam nahm er die rechte Hand der Toten und zog sie auf deren Bauch.

Maria würde ihn hassen für das, was er da tat; aber mehr Tatortspuren als der Notarzt und die Sanitäter würde er auch nicht vernichten. Und seine Tätigkeit hatte ja wenigstens noch Erfolg, denn so konnte die Arme immerhin ordentlich auf die letzte Reise gehen.

In der rechten Handfläche war nichts. Musste es also die linke gewesen sein. Würdevoll beugte er sich über die Tote und zog ihren linken Arm heran. Da war es. Aber es war kein Tattoo, sondern mit Kugelschreiber geschrieben. Relling hielt die Handfläche mit beiden Händen wie ein Buch und las: *Teufelsbibel.* Darunter stand, in der gleichen zittrigen Handschrift: *Berlin 666;* darunter noch: *Krähenspur.*

Für einen Moment starrte Relling wie hypnotisiert auf die Handfläche, dann legte er diese Hand über die rechte auf den Bauch der Toten und schlang den Rosenkranz um beide herum. „Requiescat in pace!", bekreuzigte er zuerst die Verstorbene, dann sich. „Mögest du in Frieden ruhen!"

Während plötzlich von allen Seiten Polizeisirenen immer lauter wurden, stand Relling flüsternd auf. „Dein Tod war nicht umsonst, das verspreche ich dir!"

Mit andächtigen Schritten ging er zurück ins Pfarrhaus, die herbeieilenden Polizisten mit einer saloppen Handbewegung grüßend.

Kaum im Haus, wählte er wieder Marias Nummer.

„Ich hab' dich nicht vergessen", meldete sie sich aggressiv, „aber wir haben hier einen Flugzeugabsturz!"

„Und wie läuft es so?", fragte Relling lapidar.

„Wie es halt so läuft", schnodderte sie. „Stell' dir vor, ein Flugzeug ist in ein Autohaus gestürzt und wir finden keinen Piloten!"

„Es war kein Pilot, sondern eine Pilotin", erklärte Relling ruhig. „Sie liegt hier bei mir, in meinem Garten."

Nach einer kurzen Pause: „Kannst du mieser Seelenfischer jetzt nicht einmal mehr warten, bis wir unsere Ermittlungen aufgenommen haben?", überschlug sich Marias Stimme.

„Deine Kollegen sind schon hier", lachte der Pfarrer und legte auf.

2

„Danke, nein, sie können gehen", beantwortete Borsch die Frage seiner Sekretärin, ob er sie heute noch brauche.

Sobald die junge Frau die schwere Mahagonitür hinter sich geschlossen hatte, zog Borsch eine Schublade des Unterschranks seines Schreibtisches auf und kramte einen Tresorschlüssel heraus. Behutsam platzierte er ihn in der Mitte der Schreibtischauflage.

Nun streifte er sich den schweren Siegelring, der auf dunkelrotem Untergrund in schwarzen gotischen Buchstaben seine Initialen *FB* zeigte, vom linken Ringfinger ab. Bedächtig drehte er den Ring, damit er die Unterseite der Siegelfläche sehen konnte. Beim Anblick des Ziegenkopfes mit den überlangen Hörnern verzog er einen Mundwinkel zu einem Grinsen. „Baphomet!", flüsterte Borsch, drückte sich den Ring mit Kraft gegen die Brust, warf den Kopf in den Nacken, verharrte so für ein paar Sekunden.

Während er sich anschließend erhob, schob er den Ring wieder über den Finger. Borsch zog die schwarze Anzugjacke von der Stuhllehne, schlüpfte hinein, nahm den Schlüssel vom Tisch und ging zu einem Ölgemälde an der ebenfalls mit Tafelwerk aus Mahagoni verkleideten Wand neben der Tür.

Die seltenen Besucher in seinem Büro hielten den ernst blickenden Herrn in der Kleidung des 19. Jahrhunderts immer für einen der Gründer oder frühen Vorstände dieses Bankhauses. Borsch hatte keinen Bedarf zu erklären, dass er das Portrait extra hatte anfertigen lassen und es, leicht verfremdet, den französischen Dichter Charles Baudelaire zeigte.

Borsch ging aus dem Büro und schloss die Tür ab. Eilig durchschritt er den Flur und forderte den Aufzug an. Er musste eine Codekarte benutzen, um den Lift in das dritte Untergeschoss dirigieren zu können. Nur wenige Mitarbeiter hatten Zugang zu diesem Tresorraum, in dem die Bank hauptsächlich eigene Dokumente, Wertpapiere und Edelmetalle lagerte.

Während er nahezu geräuschlos nach unten schwebte, drehte er sich zu der verspiegelten Rückwand des Aufzugs und strich mit der flachen Rechten erst über den akkurat gestutzten schwarzen Bart, der seinen Mund umrundete, dann über die gleichermaßen sorgsam geschnittenen schmalen Koteletten, die an seinen Ohrläppchen endeten. Anschließend drehte er sich zur Seite und war mit der sportlichen Silhouette, die sich ihm darbot, äußerst einverstanden. ‚Fast schon 45`, dachte er sich, ‚und nicht den geringsten Bauchansatz. Eben gesunder Geist in gesundem Körper!`

Der Schrein, wie sie in der Bank diesen Tresorraum nannten, war dreifach gesichert. Erst musste er seine Codekarte einstecken, dann eine zehnstellige Kombination aus Buchstaben und Ziffern eingeben, zum Schluss seine rechte Handfläche auf einen Scanner legen. Langsam öffnete sich die mindestens 30 Zentimeter dicke Stahltür.

Borsch ging hinein, drückte einen Schalter und wartete, bis die Tür wieder in ihre zahlreichen Schlösser und Riegel gefahren war. Er konnte sicher sein, dass außer ihm niemand hier war und auch keiner kommen würde, denn es konnten zwar mit einer Zugangsprozedur mehrere Personen den Raum betreten, wurde aber die Tür von innen verschlossen, war für weitere der Zugang blockiert; wer noch hinein wollte, musste warten, bis der, der bereits im Raum war, ihn mit seinen persönlichen Zugangsdaten wieder verlassen hatte.

Der antike Tresor etwa in der Größe eines Standkühlschrankes war sein Privateigentum. Die wenigen anderen, die hier persönliche Dinge aufbewahrten, hatten diese in den üblichen Schließfächern gelagert. Aber als Direktor einer der größten Bankfilialen Berlins hatte er sich dieses Recht einfach herausgenommen.

Während er auf ihn zusteuerte, fischte Borsch den Schlüssel aus der Hosentasche. Er liebte das metallische Knarren, wenn er die Eisentür seines Tresors aufzog.

Im Innern waren drei Querböden, auf dem untersten lag ein dickes Buch neben einem Kreuz, das mit dem Kopfende nach unten in einer Halterung steckte; im zweiten Regal lagen ein in mattem Weiß schimmernder Totenschädel und eine sorgfältig zusammengelegte schwarze Kutte; im obersten ein übergroßer Aktendeckel. Ihn nahm Borsch vorsichtig heraus und trug ihn feierlich zu dem Tisch in der Raummitte.

Er schlug den Deckel auf und breitete den Inhalt aus: sechs in durchsichtige Plastikfolien eingeschweißte, mit einer Handschrift beschriebene Blätter. Jedes war etwa einen auf einen halben Meter groß, Zeile für Zeile gleichmäßig und fast pedantisch genau in Schwarz und Rot mit karolingischen Minuskeln beschriftet, dazwischen und an den Rändern mit vielerlei Zeichen versehen. Auf einer Längsseite wirkten die Ränder leicht fransig, als seien die Seiten vorsichtig aus einem Buch herausgetrennt worden.

Borsch breitete auf Hüfthöhe die Arme aus, schob den

Kopf leicht in den Nacken. „Luzifer!", rief er. Er konnte sicher sein, dass aus dem Schrein kein Laut nach außen drang. „Fürst der Finsternis, Schöpfer der Welt, Lob sei dir und Ruhm! Dich rufe ich an, erhöre mich, lass mich zu dir gelangen! Dir zu Ehren, der du den Gott der Priester besiegt hast, bringe ich diese Gaben! Satan", noch lauter schrie er, „Satan, Satan! Urheber und König der Welt, sei mir gnädig!"

Noch einen Moment verharrte Borsch reglos, dann ließ er langsam die Arme sinken und beugte sich über den Tisch. Leicht strich er mit dem Handrücken über die Folien. „Das eigene Werk Satans", flüsterte er dabei. Bald würde es vollständig sein, nur zwei Blätter fehlten noch. Dann hätte er das gesamte Wissen des Herrn, von ihm selbst niedergeschrieben! Wenn alle Seiten wieder vereint wären, würde es ihm und seinem Zirkel Macht verleihen, unendliche Macht! Die Macht über alle Kreaturen, die Macht, um die Priester des Jehova mitsamt all den speichelleckenden, aussätzigen, falschgläubigen Parasiten und Schmarotzern der Schöpfung zu zertreten wie Wanzen!

‚Hoffentlich schaffen sie es, die fehlenden Bögen möglichst schnell beizubringen`, dachte Borsch, während er mit höchster Behutsamkeit seinen Schatz wieder einsammelte und zwischen den Kartondeckeln verstaute.

Der eine der beiden, die er mit der Beschaffung beauftragt hatte, war ihm treu ergeben. Vor Jahren hatte er ihn von der Straße geholt, wo der frisch aus der Haft entlassene Totschläger als Obdachloser hauste. Er hatte ihm Kleidung gegeben, eine kleine Wohnung, warme Mahlzeiten und ein paar Annehmlichkeiten finanziert, ihm etwas Macht innerhalb des Zirkels zugeteilt. Seitdem erledigte er alle Aufgaben, ohne auch nur ein Mal mit der Wimper zu zucken oder Fragen zu stellen.

Der andere war etwas schwieriger. Irgendwann war er mit jemandem zu einem Ritual mitgekommen, wohl aus Neugierde. Nachdem er ein paar Male an Ritualen und Messen teilgenommen und wohl auch seinen Spaß dabei gehabt hatte, hatte er gemeint, einfach wieder wegbleiben zu können, als handelte es sich um einen Kegelclub. Nachdem aber dessen über 70-jährige Mutter auf offener Straße von Unbekannten verprügelt worden war und er dem Abtrünnigen auf den Namen Luzifers geschworen hatte, sie bei der nächsten Messe bei lebendigem Leib zu verbrennen, hatte der Einsicht gezeigt und erfüllte seither seine Pflichten. Sicherheitshalber hatte er ihn noch einen überhöhten und viel zu teuren Kreditvertrag über dessen Eigentumswohnung unterzeichnen lassen, die dafür als Sicherheit diente.

Borsch war sich sicher, dass die beiden alles taten, was immer sie konnten, um die letzten Blätter zu ihm zu bringen; und bisher hatte sie ja auch gut funktioniert. Wenn dann alle Seiten vereint sind, wird er sie dem Zirkel präsentieren und damit die Macht für alle Zeit begründen.

Allerdings würde es wohl kaum noch, wie er ursprünglich gehofft hatte, innerhalb der nächsten paar Tage bis zum Feiertag am 21. Juni, zur Sommersonnenwende, reichen, wenn die Vereinigung aller und damit Satans mit seinen Anhängerinnen, gefeiert wird. Ein Mitglied des Zirkels wird in dieser Nacht seine 10-jährige Tochter dem Fürst der Welt anvertrauen, indem er, Borsch, sie als Hohepriester zusammen mit ausgewählten Getreuen auf einem Altar entjungfern wird. Wie gut hätte die Präsentation der Schrift hierzu gepasst!

Aber ein Tieropfer würde er auf jeden Fall vornehmen. Zum einen aus Dank, schon im Besitz dieser sechs Seiten zu sein; zum anderen als Fürbitte, damit die Besorgung der letzten beiden Blätter problemlos sein werde. Er würde eine Katze langsam über dem Leib der Jungfrau ausbluten lassen.

Zu Satans Festnacht am 1. Juli aber, einem der höchsten Feiertage überhaupt, musste es reichen! ‚Vielleicht ohnehin der bessere Termin`, versuchte Borsch seine Ungeduld zu besänftigen. ‚Die Nacht der Verkündung!` Ein langjähriger Vertrauter, einer der prominentesten Rechtsanwälte der Stadt, hatte versprochen, ein katholisches Kleinkind aus Bulgarien zu beschaffen. Welch ein gelungener Akt der Schöpfung und Erleuchtung, dazu das eigenhändige Werk des Weltenherrschers in seiner Vollständigkeit preisen zu können!

3

„Du machst es ja spannend, Herr Staatsanwalt!" Der linke Sportschuh der Kommissarin wippte mit dem Absatz auf dem Parkett des fensterlosen Raumes.

„Ist es auch", nickte Berger, „wirst du gleich sehen." Der Staatsanwalt rückte seine breitrandige Brille zurecht und schenkte der Kommissarin ein schmales Lächeln. „Oder besser gesagt: hören. Bruno muss jeden Moment hier sein."

„Und du meinst, dem kann man trauen?", argwöhnte die Hertkorn und trommelte mit den Fingerspitzen ein paar kurze Wirbel auf dem Besprechungstisch. „Wenn sich das BKA in einen laufenden Mordfall einklinkt, gibt es oft mehr Desinformation und Hemmnisse als Aufklärung."

„Absolut!" Berger ließ keine Zweifel aufkommen. „Ich kenne Bruno seit meiner Studienzeit, er gehört zu meinen engsten Freunden. Wenn ich einem traue . . ."

Das Klopfen an der Tür unterbrach ihn.

Berger stand auf und ging um den Tisch. Auf Höhe der Kommissarin blieb er stehen und legte ihr kurz die flache Hand auf die Schulter. „. . . dann ihm!", brachte er den Satz zu Ende.

Die Kommissarin sah zu ihm auf und nickte heftig, was soviel wie ein „ok" bedeuten sollte.

„Herein!", rief der Staatsanwalt.

Ein mittelgroßer Mann, etwa Anfang fünfzig, stürmte mit seiner über den Unterarm geschlagenen grauen Anzugjacke auf den Staatsanwalt zu, die Tür fiel hinter ihm mit einem Schwung ins Schloss.

Die beiden Männer begrüßten sich herzlich.

Mit leicht zur Seite geneigtem Kopf musterte die Kommissarin den Neuankömmling. Als ihr die lieben Grüße von und an die werten Gattinnen zu lange dauerten, begann sie auf der harten Plastik-Sitzfläche ihres Stuhls vor und zurück zu rutschen und räusperte sich kräftig.

„Das ist Hauptkommissarin Hertkorn", löste sich Staatsanwalt Berger, mit einer ausladenden Geste auf die Kommissarin deutend, von seinem Freund.

Der ging zu ihr, reichte ihr die Hand. „Koschmann, freut mich!"

„Hertkorn, Maria Magdalena Hertkorn", nickte sie.

„Passt ja gut", lachte Koschmann, „in dem Fall ist der Vorname wohl Programm!"

Die Kommissarin rümpfte ihre lange, gebogene Nase und funkelte Koschmann mit zusammengekniffenen Augen an.

„Herr Koschmann ist Leiter der Abteilung für interne Ermittlungen beim Bundeskriminalamt", glättete Berger die Situation, während er wieder am Tisch Platz nahm. „Was hast du für uns, Bruno?"

Koschmann ging zu einem Fenster am Kopfende des Tisches, warf die Jacke über einen Stuhl, lehnte sich an den Fenstersims und sah sich im Raum um. Außer den grauen Kunststoff-Stühlen und dem schlichten Tisch, auf dem nur Bergers Notizbuch lag, war keinerlei Mobiliar im Zimmer. Decke und Wände waren mit quadratischen weißen Platten verkleidet, die eine feinfasrige Oberflächenstruktur hatten. „Abhörsicher?", fragte er dann.

„Absolut!", bestätigte Staatsanwalt Berger.

„Ok", nickte Koschmann zufrieden und verschränkte die Arme vor der Brust. „Was haben wir also?", fragte er sich selbst, sah aber die Kommissarin an und wunderte sich über ihre zierliche Statur. „Wir haben eine Journalistin aus Zürich, die auf dem Weg zu mir nach Wiesbaden mit ihrem Privatflugzeug über Konstanz abstürzt, weil jemand eine Bombe mit Zeitzünder an der Steuereinrichtung der einmotorigen Propellermaschine angebracht hat."

Die Kommissarin saß zurückgelehnt und mit ausgestreckten Beinen, die Daumen hatte sie in die Hosentaschen ihrer Jeans eingehakt. Ihr Blick war starr auf Koschmanns straffe, ernste Gesichtszüge gerichtet.

„Und wir haben die linke Hand der Toten, auf deren Innenfläche drei Worte stehen, mit einem Kugelschreiber geschrieben: *Teufelsbibel, Berlin 666, Krähenspur.* Nach den Untersuchungen eurer Spurensicherung können wir sicher davon ausgehen, dass sie das selbst geschrieben hat. Vermutlich noch in aller Schnelle, nachdem ihr klar geworden war, dass sich das Flugzeug nicht mehr steuern lässt, weder in der Richtung noch in der Höhe, und sie abstürzen wird. Da der Fundort ihres Leichnams so weit entfernt von der Absturzstelle des Flugzeugs liegt, müssen wir zwingend davon ausgehen, dass sie sich entschlossen hatte, lieber in geringer Höhe aus dem Flieger zu springen, als in ihm in das Industriegebiet zu stürzen. Und wer weiß", fügte er nachdenklich hinzu, „vielleicht war die Idee ja gar nicht so falsch. Vielleicht hätte sie tatsächlich eine Überlebenschance gehabt, wenn sie in irgendwelchen Bäumen oder Büschen oder sonst etwas Weichem aufgekommen wäre, statt auf einem Hausdach. Ausgerechnet auch noch auf einem Pfarrhaus!"

Unweigerlich musste die Kommissarin an Relling denken. ‚Ausgerechnet auf einem Pfarrhaus!`, klangen Koschmanns Worte in ihrem Kopf nach. Warum landet ihr Fall gerade auf dem Dach ihres Freundes? Zufall oder Schicksal? Das hatte sie sich die letzten Tage schon einige Male überlegt. Jetzt musste sie lächeln.

Nachdem sie in Rellings Garten angekommen war und ihn mit wilden Worten abgekanzelt hatte, weil er rund um die Tote alles zertrampelt und sie umgelagert hatte, hatte er nur ganz ruhig gesagt „Ich verzeihe dir" und sie dann mit all ihrer Wut einfach stehen lassen.

„Und wir haben eine Kommissarin", holte Koschmann sie zurück, „die wahrscheinlich ganz viele Fragen stellen will."

„Allerdings!" Die Kommissarin stand auf, drehte den Stuhl mit dem Rücken zu Koschmann und setzte sich wieder, die Stuhllehne zwischen den Beinen, die Arme oben auf der Lehne verschränkt. „Erstens: Was für eine Journalistin war die Tote, dass sie ein eigenes Flugzeug hatte?"

Koschmann zog sich den Stuhl heran, auf dem sein Sakko lag und setzte sich der Kommissarin gegenüber. „Claire Fabius, eine bekannte Investigativ-Journalistin, die schon einige Skandale und dunkle Machenschaften in der europäischen Politik und Wirtschaft aufgedeckt hat. Erinnern sie sich an die sensationelle Aufdeckung des ungenehmigten Rüstungsdeals der Tronz AG vor ein paar Jahren, wonach zwei Staatssekretäre im Verteidigungsministerium den Hut nehmen mussten?"

Die Kommissarin zog anerkennend die buschigen Augenbrauen in die Höhe.

„Das, zum Beispiel, war Claire Fabius", fuhr Koschmann

fort. „Freiberuflich tätig, 42 Jahre alt, keine Familie, keine Angehörigen."

„Hinweise auf einen Zusammenhang des Mordanschlags mit einer dieser aufgedeckten Schweinereien?"

Koschmann lächelte wegen der deutlichen Ausdrucksweise der Kommissarin. „Nein, bisher nicht", antwortete er. „Scheint mir aber auch eher unwahrscheinlich."

„Warum?", hakte sie sofort nach. „Und warum war sie auf dem Weg zu ihnen nach Wiesbaden?"

„Ich habe Claire vor einigen Jahren im Zuge einer ihrer Recherchen kennen und schätzen gelernt. Seitdem haben wir uns oft, aber unregelmäßig, hie und da getroffen."

Die Kommissarin sah ihn spitzbübisch an.

„Wir haben uns gut verstanden, bestens gemeinsam gegessen, Informationen ausgetauscht", sagte Koschmann ruhig. „Nichts weiter."

„Und diesmal wollte sie warum zu ihnen?"

„Vor rund zwei Wochen hat sie sich gemeldet und gesagt, sie müsse mich dringend sprechen, weil sie einer ungeheuerlichen Sache auf der Spur sei. Eine ganz große Sauerei, so hat sie wörtlich gesagt, bei der Leute, die das Böse lieben, vor nichts zurückschrecken. Neben weiteren Andeutungen erwähnte sie auch, die Kreise zögen sich bis in einflussreiche Höhen der Wirtschaft und Politik, sogar der Justiz. Namen und Einzelheiten wollte sie am Telefon allerdings nicht mitteilen, darum unser geplantes persönliches Treffen, zu dem es ja leider nicht mehr kam."

„Einen Zusammenhang mit einer der früher aufgedeckten Sauereien schließen sie aus, weil?"

Koschmann schmunzelte. Die chirurgisch präzise Vorgehensweise der Kommissarin gefiel ihm. „Wegen der drei Worte auf ihrer Handfläche", erklärte er. „Die Teufelsbibel ist eine alte Handschrift, die tatsächlich existiert. Ihr Name kommt von einer Illustration des Teufels in diesem Buch und von der Legende, die sich darum rankt. 666 ist eine biblische Zahl, die im Okkultismus eine bedeutsame Rolle spielt und als Zahl des Antichristen bezeichnet wird. Keine einzige von Claires früheren Aufdeckungen oder auch nur Recherchen hatte etwas mit solchem Zeug zu tun."

„So weit war ich schon, was die Teufelsbibel und die 666 angeht. Aber was ist mit der Krähenspur?"

Koschmann kniff die Lippen zusammen und schüttelte den Kopf. „Damit kann ich nichts, aber auch gar nichts, anfangen. Nicht den geringsten Anhaltspunkt!"

„Das ist ja alles sehr dürftig!", ereiferte sich die Kommissarin. „Die Bombe gibt ebenfalls nichts her - Material, Bauart, alles von der Stange, übliche Hausmannskost, sozusagen. In den Flugzeugtrümmern war auch nichts, nicht ein Fetzen Papier, keine CD oder so etwas, nichts Verwertbares. Wie wollte sie ihnen denn ihre bisherigen Ergebnisse übermitteln?"

„Claire hat mich immer nur mündlich unterrichtet, solang sie am Recherchieren war. Natürlich hat sie ihr Material in irgendeiner Form aufgezeichnet und gespeichert. Ich habe sie einmal gefragt, welche Sicherheitsvorkehrungen sie trifft, um ihr brisantes Material zu schützen. Da solle ich mir keine Gedanken machen, hat sie damals lachend geantwortet, alles sei immer so gut verschlüsselt und kaschiert, da komme niemand ran."

„Na prima, wir wandeln also in vollkommener Finsternis!", stöhnte die Kommissarin. „Da sie absolut nichts für mich im Gepäck haben, wollen sie wohl etwas von mir. Und das wäre, bitteschön?"

„Genau!", lachte Koschmann und drehte sich zu Staatsanwalt Berger. „Zunächst danke fürs Zuhören, Bernd", sagte er dann ernst. „Bei meinem gestrigen Anruf habe ich dich um ein Gespräch gebeten, bei dem einer deiner fähigsten Ermittler dabei sein sollte. Ich denke, du hast eine gute Wahl getroffen", nickte er der Hertkorn zu.

Die Kommissarin runzelte skeptisch die Stirn.

„Ich möchte, dass sie diesen Mord aufklären, Frau Hertkorn."

„Das will ich auch, schließlich ist es ja ohnehin mein Fall. Wenn sie einfach nur mitspielen wollen, hätte der übliche Papierkram zwischen BKA und unserer Dienststelle auch gereicht. Und außerdem", die Kommissarin hob mahnend den Zeigefinger, „sind sie in der Abteilung für interne Ermittlungen und damit wohl nicht ganz auf der richtigen Baustelle!"

„Alles richtig", räumte Koschmann ein. „Mir schwebt in diesem Fall allerdings auch das genaue Gegenteil des offiziellen Dienstweges vor. Aber damit muss der Staatsanwalt einverstanden sein."

„Lass hören, Bruno", nahm Berger wieder am Gespräch teil.

„Auf heutigem Erkenntnisstand stehen für mich zwei Dinge fest", begann Koschmann auszuführen. „Erstens: Claire war Leuten, oder besser – einer Vereinigung von Leuten auf der Spur, die sich mit Okkultismus beschäftigen, ein wie auch immer geartetes Ziel verfolgen und dabei nicht zimperlich sind. Wenn ich ihre Informationen und Andeutungen richtig interpretiere, ist sie auf einen Kreis von Satanisten gestoßen."

„Könnte gut sein, ja", pflichtete Berger nachdenklich bei.

„Satanisten?", staunte die Kommissarin. „Dass es die tatsächlich gibt, mag ja sein. Aber als kriminelle Bedrohung, mitten in Deutschland?"

„Tja, Frau Hertkorn", seufzte Koschmann, „ihre Zweifel bringen es genau auf den Punkt: jeder weiß, dass es sie gibt, aber keiner nimmt diese Gefahr ernst. Das liegt natürlich auch daran, dass niemand genaue Kenntnisse davon hat, was sie tun. Kontakt und Einblick bekommt nur, wer gezielt danach sucht und mitmacht. Also tut man sie als Spinner ab, fast wie Märchengestalten, die halt irgendwo und irgendwie ihren Hokuspokus veranstalten. Man ist selber ja nicht betroffen davon, wird nicht in der Alltagsruhe gestört."

Koschmann schüttelte sorgenvoll den Kopf. „So ist es aber nicht!", sagte er nachdrücklich. „Es gibt beispielsweise Beweise dafür, dass Leute, die Mitglied bei satanistischen Vereinigungen werden wollen, als eine Art Mutprobe oder Aufnahmeprüfung losgeschickt werden, um willkürlich ausgewählte Passanten zu verprügeln. Aber sie hinterlassen ja keine Visitenkarte. Und was geschieht? Die Kollegen von der Streife nehmen den Fall auf, so wie die hundert ähnlichen Fälle auch. Dann verschwindet dieser Fall wie die hundert anderen in einem Aktendeckel, und tschüss! In Hamburg, Frankfurt und Berlin geschehen solche Dinge täglich, da macht sich doch keiner mehr die Mühe, zu ermitteln!"

Koschmann sah zu Berger. Der nickte betroffen.

„Was ich damit sagen will, ist: die Dunkelziffer ist immens groß, weil bei vielen Straftaten die Zuordnung zum Satanismus fehlt. Und das war ja auch nur ein Beispiel von vielen", führte Koschmann weiter aus. „Es gibt genauso klare Beweise für Massenvergewaltigungen während der sogenannten Rituale. Ebenso für Drogenmissbrauch, Diebstahl, Zerstörungsdelikte, Tierschändungen, Psychodruck bis hin zum Stalking und gezieltes Diskreditieren von Menschen am Arbeitsplatz, wie auch in der Öffentlichkeit."

Er verzog den Mund zu einem bitteren Grinsen. „Die Betroffenen schweigen meist, teils aus Scham, teils aus Angst vor handfesten Repressalien. Daher beruhen diese Beweise fast ausnahmslos auf den Aussagen von Aussteigern, die sich von diesem üblen Tun gelöst haben. Oder von Menschen, die sich aus diesen Fängen befreien konnten, nachdem sie von ihren eigenen Eltern als Kinder in einen Zirkel eingebracht worden waren und in dem Bewusstsein aufgewachsen sind, alles, was ihnen widerfahren ist und sie gelernt haben, sei ganz normal. Klar, sie kannten ja nichts anderes. Und dann kommt die Krönung: weil diese Menschen meist aufgrund ihrer Erlebnisse einen psychischen Knacks haben, zweifelt man ihre Schilderungen oft als Fantastereien an!"

Gedankenverloren hielt er einen Moment inne.

„Dabei gibt es immer mehr Sektenbeauftragte, die die Problematik äußerst ernst nehmen und lauthals warnen. Es gibt quer durch die Republik dokumentierte Tierschändungen. Kühe, Schafe, Pferde auf Weiden, die morgens mit halb aufgeschlitzten Bäuchen gefunden werden. Aber es sind ja nur Tiere, niemand macht sich da die Mühe, einen größeren Zusammenhang herzustellen. Förster berichten, dass nachts in ihren Wäldern etwas passiert sein muss - Spuren von Versammlungen, seltsame Errichtungen von Kreuzen und Altären. Die Medienberichte über finsteres Kulttreiben häufen sich in den letzten zehn Jahren; vom geköpften Huhn, das an ein Kruzifix genagelt wurde, bis zum Mord an einem Jugendlichen, wie beispielsweise 1993 in der thüringischen Kleinstadt Sondershausen, wo drei Gymnasiasten, die sich *Kinder des Satans* nannten, einen 15-jährigen Mitschüler ermordet haben. Von damals bis heute kann ich ihnen zig ähnliche Fälle aufzählen, alle mit ein und demselben Bezug: Teufelskult!"

„Echt krank!", warf die Kommissarin ein.

„Krank?", runzelte Koschmann die Stirn. „Ja", nickte er dann, „eine Seuche! Und sie breitet sich rasend aus, dank sei dem Internet. So können problemlos Netzwerke hergestellt werden, Vernetzungen mit ähnlich gelagerten Gruppen sind dokumentiert, beispielsweise mit der Szene des *Metal* oder den Anhängern des *Gothic*."

„Und wir humpeln wie immer hinterher und sammeln den Dreck ein, den sie hinterlassen!" Berger klang frustriert.

„Obwohl ich selbst Staatsbeamter bin - und das auch gerne", antwortete Koschmann, „verstehe ich manchmal in diesem Land so einiges nicht. Warum erkennt von den Verantwortlichen keiner die Zusammenhänge und damit die Gefahr, die von diesen Leuten ausgeht? Warum handelt niemand? Warum unternimmt unsere Regierung nichts gegen diese Seuche? Wenn fünf Linke beieinanderstehen und diskutieren, wittern sie den Umsturz und bemühen den Verfassungsschutz. Abertausende Satanisten und ihre Gräuel hingegen sehen sie nicht? Sie scheinen auf dem tiefschwarzen

Auge völlig blind zu sein!"'"

Für einen Moment herrschte betretenes Schweigen.

„Hoppla, Koschmann", lachte die Kommissarin und zeigte ihr etwas zu groß geratenes Gebiss, „am Ende beginne ich noch, sie zu lieben!"

Koschmann sah sie mit aufgerissenen Augen an.

„Ok dann", kam sie auf den Alltag zurück, „zwei Sachen wollten sie sagen. Das war die erste, einprägsam und informativ. Zweitens?"

Koschmann holte tief Luft. „Zweitens also", bemühte er sich, seine Gedanken wieder in eine klare Bahn zu ordnen, „weiß ich nicht, wem Claire von ihrer Reise zu mir erzählt hat. Ich vermute aber, so wie ich sie kannte, niemandem. Ganz sicher weiß ich allerdings, dass ich keinem gegenüber etwas von unserem geplanten Treffen erwähnt habe. Wer wusste also überhaupt woher, dass sie an diesem Tag fliegen würde? Ausgemacht haben wir das Ganze in diesem einen Telefonat, das ich von meiner Dienststelle aus geführt habe. Somit besteht für mich die Möglichkeit, dass da jemand mitgehört und die Information weitergegeben hat. Das bedeutet, ich kann in meinem eigenen Laden niemandem mehr über den Weg trauen." Er machte eine kurze Pause und sah zur Kommissarin. „Insofern bin ich vielleicht doch auf der richtigen Baustelle", fügte er noch hinzu.

Die Kommissarin zog die Oberlippe hoch. „Sind sie etwa eitel?", fragte sie schnippisch.

„Was schlägst du also vor?", beeilte Berger sich zu sagen, um ein Geplänkel zu vermeiden.

„Und wie!", lachte Koschmann jedoch die Kommissarin an, richtete sich aber sofort wieder ernst an Berger: „Wir brauchen eine Ermittlerin, die sich nicht um Vorschriften kümmert, aber trotzdem alle Unterstützung von uns bekommt, die möglich ist. Ein Beispiel: Die Spurensuche kann nur in Zürich, in Claires Wohnung, beginnen. Wie sollen wir aber den Schweizern erklären, was wir genau suchen, wenn wir es selbst nicht wissen? Und – wie sollen wir eine Wohnungsdurchsuchung begründen? Claire ist das Opfer, nicht der Täter! Und – bis wir bürokratisch da durch sind, waren andere vielleicht schon längst dort und haben gefunden, wonach wir suchen. Und vor allem: welche falschen Leute bekommen Wind von einem solchen offiziellen Vorgang? Und, und, und – verstehst du, was ich meine, Bernd?"

„Denke schon", antwortete Berger nachdenklich. „Du denkst also an eine Art James Bond, ausgestattet mit der Lizenz alles zu tun, was zur Aufklärung erforderlich ist. Der dabei unsere Rückendeckung hat, sprich: wir versuchen es gerade zu biegen, wenn etwas verrutscht. Richtig?"

„Genau", nickte Koschmann. „Und von dem, was er tut, nur wir beide etwas wissen, weil er nämlich sonst auch gar niemandem trauen kann!", ergänzte er.

„Und die James Bond bin ich?", rief die Kommissarin fragend. „Da bin ich mit meinen fast fünfzig Jährchen langsam ein bisschen zu alt dafür!"

„Juristisch ist das gar nicht gut!" Berger dehnte den Satz. „Überhaupt nicht gut", schüttelte er nachdenklich den Kopf. „Aber effektiv, absolut!", setzte er dann entschlossen hinzu. „Willst du das machen, Maria?"

Die Kommissarin blähte die Backen auf und ließ die Luft langsam durch die Lippen blubbern. „Du weißt schon, Bernd, dass ich ab kommender Woche Urlaub habe?", fragte sie zurück.

Der Staatsanwalt nickte stumm.

„Ein Freund und ich wollen in aller Ruhe nach Oberitalien fahren. Unsere gemeinsamen Urlaube haben bisher nämlich irgendwie nie richtig funktioniert. Wenn ich da nur an das Chaos vor ein paar Jahren in Südfrankreich denke, wo uns ein paar schießwütige Ganoven dazwischen kamen . . ." Sie beendete den Satz nicht, schüttelte aber so heftig den Kopf, dass ihr die geraden, schulterlangen, blonden Haare nur so um die Nase flogen. „Erinnerst du dich?", setzte sie dann energisch hinzu.

„Ja, ja, das war die Geschichte mit diesem Lang und dem Geldkoffer der Mafia . . .", wusste Berger noch.

„Ganz recht!", rief die Kommissarin. „Darum haben wir uns dieses Jahr einen VW-Bus gekauft, mit einer Mini-Küche drin und so, du weißt schon, und fahren beschaulich über Österreich auf einen kleinen, ganz stillen Camping-Platz am Comer See. Da ist es jetzt in der Vorsaison schon angenehm warm, aber noch herrlich ruhig!"

Niemand sagte etwas, als sie geendet hatte. Berger sah die Kommissarin reglos an, Koschmann sah die Kommissarin reglos an. Die Kommissarin sah Koschmann und Berger reglos an. Sekundenlange Stille.

„Wir könnten allerdings auch über die Schweiz fahren", brach sie schließlich das Schweigen.

Berger und Koschmann atmeten erleichtert auf.

„Offiziell werde ich zunächst verlautbaren, dass wir noch im Dunkeln tappen", fand Berger seine Stimme wieder.

„Was ja nicht gelogen ist!", feixte Koschmann dazwischen, während er sich nach vorne streckte und eine

Karte mit seiner privaten Handy-Nummer über den Tisch zur Kommissarin schob.

Der Staatsanwalt plante weiter: „Ein paar Tage später lasse ich dann durchsickern, wir prüften, ob die Pilotin als Drogenkurier unterwegs war. Das wiegt die Täter in Sicherheit und verschafft Maria die Zeit, etwas herauszufinden."

„Die werde ich auch brauchen", stöhnte die Kommissarin, „nachdem wir keinen einzigen Anhaltspunkt haben."

„Absolut. Wann sagtest du, beginnt dein Urlaub?", wollte Berger wissen. „Am Montag?"

Die Kommissarin nickte.

Berger stand auf und streckte ihr seine Rechte entgegen. „Den Rest der Woche baust du deine Überstunden ab und fährst bitte morgen schon. Viel Glück!"

4

Pfarrer Relling schaltete den Motor aus, zog die Handbremse an und sprang aus dem Camping-Bus. „Ach - ist das herrlich!", rief er entzückt. Sein Blick schweifte über das türkise Wasser des Zürichsees zur Freiterrasse des Restaurants. Er hob beide Arme zum Himmel. „Danke Herr, dass du uns so schöne Dinge überlassen hast!", frohlockte er.

Die Kommissarin, die noch ein paar Dinge aus dem Handschuhfach kramte, war sich nicht sicher, ob er mehr den direkt vor ihren Füßen liegenden See oder das Restaurant des Campingplatzes meinte. „Ja, der Stellplatz ist wirklich nett", pflichtete sie bei. „Für die kurze Zeit, die wir wahrscheinlich nur hier sind, allemal."

Relling fiel von seiner Wolke. Er stemmte die Arme in die Hüften. „Eines müssen wir jetzt mal klären, Maria!", skandierte er zum Beifahrersitz. „Bei unseren Urlauben klappt es nie so richtig mit der Ernährung. Nie kommen wir dazu, die landestypischen Gerichte zu essen, weil sich plötzlich die Ereignisse überschlagen und wir schon wieder auf dem Weg nach irgendwo sind. Diesmal aber nicht!", hob er mahnend den Zeigefinger. „Egal was passiert - ich werde diese Stadt nicht verlassen, ohne ein Züricher Geschnetzeltes mit Champions und Rösti im Magen zu haben!"

Die Kommissarin hob salutierend die Rechte an die Schläfe. „Amen, Sir!" Dann krabbelte sie in das Innere des Campers.

Der Pfarrer ging vor den Bus, lehnte sich rückwärts an die Fronthaube, verschränkte die Arme und genoss wieder die

Sicht auf das gegenüberliegende Ufer.

„Bist du dann auch so weit?", riss ihn die Kommissarin abermals aus der Schwelgerei. Sie kam neben ihn, eine große lederne Umhängetasche ruhte an ihrer Hüfte.

„Hast du aufgerüstet, Maria?", lachte Relling, ohne sich zu regen.

„Wie, was, aufgerüstet?", blaffte sie ihn ungeduldig an.

„Na, die Tasche mein' ich", schmunzelte Relling, der immer noch keine Anzeichen machte, seinen Aussichtspunkt zu verlassen. „Hast du dich etwa von deiner altgedienten Plastiktüte getrennt?"

‚Dich bring' ich schon in Bewegung`, dachte die Kommissarin. Listig legte sie den Kopf leicht schräg und kniff die Augen zu schmalen Schlitzen zusammen. „Schade, dass die Menschen bald nicht mehr viel von diesem herrlichen Panorama haben werden."

Relling sah sie fragend an.

„Darf ich dich daran erinnern, Werner, dass wir hier sind, weil der Teufel im Spiel ist?", sagte sie leise. „Und du weißt doch, wenn der erst einmal angefangen hat . . ."

Der Pfarrer löste sich aus seiner genießerischen Pose und ging zur seitlichen Schiebetür des Campers. Dabei murmelte er etwas von „psychologisch wohl auch die Ausrüstung verbessert".

Während die Kommissarin mit einem spitzigen „hihi" auf den Beifahrersitz sprang, kramte Relling ein Camping-Tischchen und zwei Klappstühle aus dem Fahrzeug. Indem er diese direkt neben dem Bus aufstellte, wollte er zum einen jedermann anzeigen, dass dieser schöne Platz schon belegt war, und zum anderen seine unumstößliche Absicht dokumentieren, später hier zu sitzen und die Schöpfung zu genießen.

Mürrisch nahm er dann hinter dem Steuer Platz und lenkte den Wagen über den Campingplatz zur Hauptstraße.

Die Kommissarin kämpfte mit der umständlichen Faltung eines riesigen Stadtplans. „Ha!", hatte sie endlich gewonnen und drehte das zu einem überschaubaren Quadrat besiegte Papier auf den Knien in ihre Fahrtrichtung. „Die Klosterstraße ist auf der anderen Seeseite", instruierte sie Relling. „Du musst die übernächste rechts, Richtung *Tonhalle*, dann über die Brücke, *Quaibrücke* heißt die, Richtung *Hochschule* oder *Opernhaus*, weiter rechts zum *Kreuzplatz*. Dort müsste eigentlich irgendwo *Zoo* angeschrieben sein, aber vielleicht auch *Golfplatz*. Wenn wir dorthin auf dem Weg sind, vielleicht noch ein oder zwei Kilometer. Ich guck' dann nochmal."

Relling steuerte geschickt durch den dichten Stadtverkehr. „Ich bin wirklich sehr gespannt, was uns in der Wohnung der Journalistin erwartet", sagte er nachdenklich.

Gleich nach ihrem Gespräch mit Koschmann und Berger war die Kommissarin zu ihm gekommen, hatte ihn informiert und mit so netten Worten, wie sie ihr möglich waren, versucht, ihn von den Vorteilen zu überzeugen, die der frühere Reiseantritt und eine Fahrt durch die schöne Schweiz mit sich brächten.

„Nett, dass du dich so redlich bemühst, Maria", hatte Relling gelächelt, nachdem sie zu einer Tasse Kaffee Platz in seinem Lesezimmer genommen hatten. „Aber ich schenke es dir. Wenn du deine Ermittlungen nicht mit unserer Reise verbunden hättest, hätte ich der Sache alleine nachgehen müssen. Ich habe der Toten nämlich geschworen, dass ihr Sterben nicht umsonst war. Schließlich kann ich nicht einfach zur Tagesordnung übergehen, wenn eine Frau aus einem Flugzeug auf mein Dach stürzt und solche Dinge wie *666* und *Teufelsbibel* in ihrer Handfläche stehen!"

Die Kommissarin war etwas überrascht, überspielte es aber, indem sie schnell fragte: „Was weißt du darüber?"

„Nun", Relling holte tief Luft, „ich fang' mal damit an, wozu ich gar nichts weiß: Krähenspur sagt mir überhaupt nichts. Trotz langer Recherchen im Netz und intensiver Suche in den klassischen Datenbanken," er deutete auf seine umfangreiche Bibliothek, „nichts, nicht die Ahnung einer Spur!"

Die Kommissarin zischte ein leises „shit" durch die geschlossenen Zahnreihen.

„Die 666 hingegen kennt heute fast jeder", fuhr der Pfarrer fort. „Und zwar als Symbol für den Teufel oder, wie ebenfalls schon versucht wurde zu deuten, für teuflische Menschen. Weist man nämlich Buchstaben bestimmte Zahlenwerte zu und rechnet dann wild kreuz und quer und hin und her, schafft man es ohne Weiteres, beispielsweise den Namen Adolf Hitler aus der 666 herauszubekommen. Durch andere Berechnungsarten komme ich dann auch auf Napoleon, Ronald Reagan oder Martin Luther. Für mich ist das alles Blödsinn, der allein darauf fußt, dass der Originaltext der Johannes-Offenbarung im Neuen Testament ohne jede wissenschaftliche Bearbeitung herangezogen wird. Dort heißt es nämlich sinngemäß: Die Zahl des Tieres, das ein Mensch ist, ist 666. Tritt dann eine Bestie in Menschengestalt auf, rechnen die Esoteriker so lange, bis die 666 irgendwie auf ihn passt.

Angeheizt wird das Ganze dabei vor allem in der jüngeren Vergangenheit durch Darstellungen in der Malerei und der Musik. Die Heavy-Metal-Musik mit all ihren Untergruppen hat sich hier ganz besondere Verdienste erworben."

Relling nahm einen kräftigen Schluck aus seiner Tasse und goss sich nach.

„Wissenschaftlich betrachtet", nahm er den Faden wieder auf, „stellt sich die Geschichte etwas anders dar. Ich muss allerdings einräumen, dass es verschiedene Lehren gibt, die sich etwas unterscheiden. Der Einfachheit halber erzähle ich dir nur schnell das Ergebnis meiner Forschungen, also das, was ich für am wahrscheinlichsten halte."

Die Kommissarin nickte dankbar, dass er schnell machen wollte.

„Unser guter Johannes hat seine *apokalypsis*, was wörtlich übersetzt *Enthüllung* bedeutet, sehr wahrscheinlich, auch hier streiten die Experten noch um eine genauere Jahreszahl, zwischen 60 und 90 nach der Geburt Christi geschrieben. Zu einer Zeit also, als das frühe Christentum intensiv verfolgt wurde. Seine Offenbarung ist als Brief verfasst, Adressaten sind eben diese verfolgten Christengemeinden. Das Werk enthält viel Prophetisches, und zwar so, ganz arg vereinfacht, dass Erlösung kommen und Gericht gehalten wird. Wir dürfen also annehmen, dass er die Verfolgten trösten und zum Durchhalten ermuntern wollte."

„Indem er ihnen schrieb, dass nach dem göttlichen Fahrplan am Ende alles gut wird für die Gläubigen, die bei der Stange bleiben", unterbrach ihn die Kommissarin.

Relling sah sie nachdenklich an. „Ja", pflichtete er dann halbherzig bei, „noch mehr vereinfacht eben, aber von mir aus. Nur, wie einfach man es sich auch immer machen will, Johannes hatte ein Problem beim Schreiben seines Briefes. Oder besser gesagt, sogar zwei. Erstens konnte er nicht im Klartext gegen den Herrscher des Römischen Reiches schreiben, ohne sich und seine Nächsten zu gefährden. Dabei spielt jetzt wieder die Datierung eine Rolle, denn so um 60 nach der Geburt des Herrn trieb Kaiser Nero sein Unwesen, der hätte nicht lange gefackelt!"

Plötzlich hielt der Pfarrer inne und lachte glucksend.

Die Kommissarin sah ihn erstaunt an.

„Da ist mir ja ein witziges Wortspiel unterlaufen", erklärte Relling, immer noch schmunzelnd. „Nero und fackeln, verstehst du, Maria?"

„Hat der nicht ganz Rom abgebrannt?", wusste sie unsicher.

„Genau darum", freute sich Relling und kam wieder in eine ernste Bahn. „Na, jedenfalls musste Johannes es, wenn er gegen den Römer schrieb, verschlüsseln. Dabei kam ihm sein zweites Problem eigentlich eher zu Gute, nämlich dass weder das klassische Griechisch noch das klassische Hebräisch Zahlzeichen kannten. Also nahm man damals für die 1 einfach den ersten Buchstaben des Alphabets, für die 2 den zweiten und so weiter, bis 10. Höheren Zahlen waren andere Buchstaben zugeordnet. So konnte man letztendlich alle Zahlen mit entsprechenden Buchstabenkombinationen darstellen. Die Zahl 666, wie wir sie kennen, stand jedenfalls nie im Originaltext; sondern eine Dreierkombination griechischer Buchstaben, nämlich aus *Chi*, das auch für die 600 stand, *Xi*, was für 60 verwendet wurde und *Stigma*, dem Buchstaben für die 6. Aber *Chi-Xi-Stigma* hätte auch eine

Abkürzung für einen Namen oder ein Wort oder sonst etwas sein können. Weil die Deutungsmöglichkeiten so vielseitig waren, was ja gerade Sinn und Zweck der Verschlüsselung war, ergab sich für den Empfänger einer solchen Botschaft die vom Absender gewollte Bedeutung nur aus dem Zusammenhang oder aus weiteren Anspielungen. Die Forschung hat sich jedoch in diesem Fall darauf geeinigt, dass damit eine Zahl gemeint war, wobei manche Gelehrte, ich weiß leider nicht mehr warum, auch 616 oder 665 aus dieser Buchstabenkombination gelesen haben. So – was heißt das jetzt für unsere Original-Offenbarung?"

Relling sah die Kommissarin fragend an.

„Hmmm", machte die lang gezogen. „Die Zahl des Menschen, der sich wie ein Tier gebärdet, ist 666!", kombinierte sie dann.

„Bingo!", rief der Pfarrer entzückt. „Ganz genau! Und wer kann eigentlich, wenn man alle genannten Umstände berücksichtigt, nur gemeint sein?" Diesmal wartete er die Antwort nicht ab. „Nero!", rief er. „Der römische Kaiser Nero, einer der heftigsten Verfolger der Christen!"

Die Kommissarin sah in ihre leere Tasse und wollte zur Kaffeekanne greifen.

Relling aber, der so kurz vor der Pointe seiner Ausführungen keine Umwelt wahrnahm, war schneller und schnappte ihr die Kanne weg.

„Und tatsächlich – es gibt zwei solcher Anspielungen oder Hinweise, dass Johannes den Nero gemeint hat und seine Offenbarung nichts, aber auch gar nichts, mit dem Teufel aus der Hölle zu tun hat!" Der restliche Kaffee floss aus der Kanne in Rellings Tasse.

Frustriert ließ sich die Kommissarin zurück in den Sessel fallen.

„Erstens: Im Textzusammenhang der Offenbarung wird von der *Hure Babylon* gesprochen. Das ist als ein Symbolname zu verstehen, der auf die Stadt Rom und das Römische Reich hindeutet. Ich möchte jetzt nicht auf die Einzelheiten dazu eingehen, obgleich die doch schon sehr interessant sind, denn es gibt Hinweise für diese Symbolik auch in anderen antiken Schriften, unter anderem in einem frühen Petrusbrief."

Relling trank seine Tasse leer. „Zweitens, jetzt aber auch stark verkürzt", bedauerte er, während er die Tasse auf den Tisch stellte, „wir haben ja auch keinen Kaffee mehr . . ."

„Ach, wirklich?", fragte die Kommissarin.

„Ja, leider. Zweitens also: Nero ist ein lateinischer Name. Griechisch heißt er Neron. Schreiben wir Caesar Neron, also Kaiser Nero, aber mit hebräischen Buchstaben, ergibt sich gleichzeitig mit den Zahlbuchstaben dieses Alphabets die 666! Johannes hat also sehr wahrscheinlich die 666 gewählt, weil er wusste, dass seine Leser die Zahl in das hebräische Alphabet übersetzen und dann genau wissen, wer gemeint ist."

„Hochinteressant!", lobte die Kommissarin. „Aber was bedeutet das für unseren Fall? Und vor allem – wo ist der Zusammenhang mit Berlin?"

„Nun", ließ sich der Pfarrer nicht lange bitten. „Wir können davon ausgehen, dass die arme Claire die 666 so gemeint hat, wie die Zahl landläufig verstanden wird, fälschlicherweise, wie du jetzt weißt, als Symbol für den Teufel nämlich, und sie uns damit einen Hinweis auf Satanisten hat geben wollen. Das kann anders fast nicht sein, denn es passt schlüssig zur Teufelsbibel. Hat sie aber ein bisschen von dem gewusst, was wir beide jetzt wissen,“ warnend hob er die Hand, „dann hat sie uns damit die zusätzliche Information gegeben, dass wir in Berlin ganz nach oben müssen."

„Gut", sagte die Kommissarin gedehnt. „Sehr gut."

„Ja, nicht wahr?", unterstützte Relling das Lob. „Dann kommen wir jetzt zu dieser Teufelsbibel."

„Kannst du das bitte sehr kurz machen, Werner? Ich muss noch ein paar Sachen packen."

„Kein Problem, ich mach' so schnell wie gerade eben", prophezeite Relling.

Die Kommissarin drehte die Augen zur Decke.

„Die Teufelsbibel heißt mit richtigem Namen *Codex Gigas*. Gigas ist schon wieder griechisch und bedeutet riesig. Das geläufige Wort gigantisch kommt daher. Übrigens, wusstest du . . ."

„Werner, bitte!"

„Ja, schon gut. Also, dieser Codex ist eine der größten Handschriften, wenn nicht sogar die größte überhaupt. Das Buch ist knapp einen Meter hoch, circa einen halben breit, etwas mehr als 20 Zentimeter dick und wiegt so um die 75 Kilogramm. Es hat hölzerne Buchdeckel und umfasst eigentlich 320 Pergamentblätter. Eigentlich deshalb, weil acht Blätter fehlen. Man weiß nicht, wer die warum herausgetrennt hat. Es gibt Berechnungen, dass die Häute von 160 Tieren notwendig waren, um so viel Pergament herzustellen. Lämmer, Esel, Ziegen, Kälber – keine Ahnung, was sie hier konkret verwendet haben. Im frühen Mittelalter . . ."

Rellings Gegenüber räusperte sich kräftig.

Etwas gekränkt zog der Pfarrer die linke Augenbraue

hoch. „Geschrieben sehr wahrscheinlich zu Beginn des 13. Jahrhunderts in einem Kloster der Benediktiner in Podlazice, Böhmen. Die Schrift ist die karolingische Minuskel, die Sprache Latein, es enthält viele Illustrationen."

„Und was steht da drin?", fragte die Kommissarin, weil Relling schmollend verstummt war.

„Im Codex sind im Wesentlichen die komplette Bibel, also Altes und Neues Testament, die sogenannte *Etymologiae* – eine Wissenssammlung der Antike, die Geschichte des jüdischen Altertums und des Judäischen Krieges, medizinische und andere wissenschaftliche Abhandlungen, eine Chronik Böhmens und Kalendertexte zu finden. Kurzum, das gesamte Wissen der damaligen gelehrten Welt!"

„Warum dann Teufelsbibel?"

„Hauptsächlich weil, ich glaub' auf Seite 290 oder 291, ein Bildnis des Teufels zu sehen ist. Aber auch wegen der Legende, die sich um den Codex Gigas rankt."

„Erzählst du mir das bitte ein bisschen genauer, Werner?", säuselte die Kommissarin.

„Gerne", lächelte Relling. Er fand, das Konto war wieder ausgeglichen. „Das Bildnis des Höllenherrschers ist etwa einen halben Meter hoch und zeigt ihn in der Hocke, mit nach oben ausgestreckten Armen. An jedem Fuß und jeder Hand vier Klauen mit langen roten Krallen, die langen Hörner spitz nach oben gebogen. Sein Gesicht ist grün, aus dem Maul kommt etwas Rotes, es könnte Feuer sein. Der Körperbau ist allerdings äußerst schmächtig. Trotzdem denkbar, dass diese Abbildung in Zeiten unbeleuchteter Gewölbegänge und halbdunkler Verliese jemandem Furcht eingeflößt hat. Heute aber könntest du damit keinen Schulanfänger mehr erschrecken! Und weißt du, was das Tollste ist?"

„Nein, was?"

„Sein Illustrator wollte ihn offenbar nicht nackt darstellen. Darum hat er ihm eine Art Windelhöschen angezogen, mit roten Tupfen drauf!" Relling lachte lauthals.

„Das war jetzt aber erst ein Teil der Erklärung. Was ist mit der Legende?", forderte die Kommissarin.

„Das ist schon viel spannender!", begann Relling. „Aber zu dem Teufelsbild ist noch wichtig, dass auf der gegenüberliegenden Seite eine Stadt abgebildet ist. Die Experten streiten sich noch ein bisschen, ob es die Stadt Jerusalem ist und damit vielleicht ein Spannungsbogen zwischen Gut und Böse geschlagen werden sollte, oder ob es einfach nur der Versuch war, eine ideale Stadt darzustellen. Für Jerusalem spricht die Tatsache, dass sich vor und nach den beiden Illustrationen ein Sündenbekenntnis und heidnische Zaubersprüche befinden." Er sah prüfend zur Kommissarin, ob sie noch die nötige Geduld für wichtige Details aufwies.

Sie schien verständnisvoll zu lächeln.

Relling freute sich still und sah nun keinen Hinderungsgrund mehr, sein Wissen um die Legende des Codex Gigas preiszugeben. „Derartige Handschriften sind damals meist von Mönchen in sogenannten Scriptorien der Klöster, Schreibstuben also, mit der Feder gefertigt worden. Das heutige Auge, auf derartige Handarbeit geschult, erkennt, ob es ein Mönch oder mehrere waren, die an einem Buch gearbeitet haben. Es kann ohne große Mühe feststellen, welche Textpassagen vom einen oder dem anderen Mönch geschrieben wurden. Mehr noch: es entdeckt sogar, wenn ein Mönch während seiner Arbeit, die ja oft Jahrzehnte dauerte, alt wurde, ermüdet war oder vielleicht Zeiten der Unpässlichkeit, zum Beispiel eine Krankheit, hatte. Feinmotorik und Sehkraft lassen nach, neben anderen kleinen Details sind dann die Linienführung und die Aufdruckstärke der Feder anders, sprich: das Schriftbild ändert sich."

Die Kommissarin nickte interessiert.

„Das Merkwürdige an dieser gigantisch umfassenden Handschrift ist, da sind sich die Sachverständigen ausnahmsweise einmal einig, dass sie von nur einem einzigen Mönch in kurzer Zeit von vorne bis zum Schluss hergestellt wurde. So scheint es jedenfalls. Es gibt weder einen Hinweis darauf, dass mehrere Mönche an ihr gearbeitet haben, noch Anzeichen der besagten Abweichungen im Schriftbild. Eine einzige Hand also, deren Frische und Ruhe durch nichts gestört wurde. Dabei hätte für den Umfang dieses Werkes das Leben eines Mönchs nicht ausgereicht, selbst wenn er hie und da geschludert hätte, natürlich erst recht nicht bei dieser durchgehend hervorragenden Qualität!"

„Ups!", machte die Kommissarin, die jetzt wirklich Feuer gefangen hatte.

Der Pfarrer richtete sich im Sessel auf. „Ein Mönch, der eine Regel gebrochen hatte und hart bestraft werden sollte, wahrscheinlich lebendig eingemauert, konnte dem Antritt seiner Strafe dadurch entgehen, dass er versprach, bis zum Ende der kommenden Nacht ein Buch zu schreiben, welches das gesamte bekannte Wissen enthält."

Der Pfarrer machte eine wegwerfende Handbewegung. „Das war aber damals schon recht umfangreich, er hätte es in dieser Zeitspanne nicht einmal geschafft, wenn er auf die Zeichnungen und kunstvoll gemalten Anfangsbuchstaben verzichtet und einen PC mit einem modernen Schreibprogramm gehabt hätte. Aber das nur am Rande."

Er beugte sich nach vorne. „Unser Mönch sah gegen Mitternacht, dass sein Vorhaben nicht realisierbar war. Darum bat er den Teufel um Hilfe. Für den war das keine besondere Herausforderung, er pinselte ihm den Codex in Windeseile hin. Damit war der Mönch gerettet, körperlich zumindest. Was mit seiner Seele geschah, steht auf einem anderen Blatt!" Er nickte kurz. „Das ist die Legende."

„Und was stand auf den fehlenden Seiten?", fragte die Kommissarin, nachdem sie ein paar Sekunden nachgedacht hatte.

„Es gibt Hinweise darauf, dass dort die Ordensregeln der Benediktiner standen. Aber diese Blätter sind nie mehr aufgetaucht, niemand weiß also, was dort stand."

„Aber manche vermuten sicher etwas", lockte die Kommissarin.

Der Pfarrer lächelte und ließ sich zurück in den Sessel sinken. „Die Aufgabe war, das Wissen der Welt in einem Band zu versammeln. Wenn der Teufel diese Aufgabe übernommen hat, hat er wohl das Wissen seiner Welt niedergeschrieben. Und die bestand für ihn nicht nur aus wissenschaftlichen Texten, dem Kalender und der Bibel, sondern auch aus der Hölle. Sprich: aus der Kenntnis um die Macht des Bösen!"

„Du meinst also", dachte die Kommissarin laut, „auf diesen acht Blättern stand das Wissen der Hölle, des Bösen, und wie es Verwendung findet?"

„Genau das meine ich."

„Aber warum fehlen sie dann?"

„Der Mönch hat sie aus dem fertigen Werk getrennt.

Vielleicht dachte er, es reicht, wenn sein Leben fortan dem Teufel gehört und wollte wenigstens dafür sorgen, dass der Satan nicht durch seine Schuld noch weitere Seelen fangen konnte."

„Aber warum hat der Mönch das Bildnis des Teufels dann im Buch gelassen?"

„Gute Frage, Maria, zumal es die einzige Zeichnung dieser Art ist. Manche meinen, der Mönch hätte die Zeichnung gefertigt und eingefügt, etwa um einen Hinweis auf den wahren Autor zu geben. Ich allerdings denke abweichend - wenn der Teufel das ganze Buch gemacht hat, so auch das Bild. Vielleicht als eine Art Unterschrift. Der Mönch aber hat das Bild deshalb gelassen, weil er uns damit einen klaren Hinweis auf den Inhalt der fehlenden Seiten geben wollte!"

„Das ist ja schon alles sehr interessant, aber halt auch sehr im Bereich der Legenden beheimatet. Bezüglich des Teufels sind wir heutzutage doch etwas schlauer, oder?", meinte die Kommissarin.

„Allerdings. Aber wenn jemand in diesem Wasser schwimmt, sind diese Seiten für ihn natürlich ein Heiligtum! Und warum sonst hätte Claire im letzten Moment ihres Lebens Teufelsbibel zusammen mit 666 in ihre Hand schreiben sollen?"

Die Kommissarin erhob sich. „Sehr gut möglich, ja", meinte sie, „wäre ja auch nicht das erste Mal, dass Gläubige wegen Reliquien Menschen umbringen, nicht wahr, Herr Pfarrer?"

Relling stand ebenfalls auf, ging um den Tisch, hielt sie an den Oberarmen fest. „Wenn du dich so gut auskennst, weißt du ja auch, dass die Rache mein ist!", lachte er.

Sie hatte schelmisch gegrinst und ihm den spitzen

Zeigefinger spielerisch in den Bauch gebohrt. „Jedenfalls fahren wir morgen um acht los, ins schöne Zürich", hatte sie beim Hinausgehen noch gesagt, „hoffentlich finden wir dort etwas!"

„Fahr mal langsam, die nächste oder übernächste Straße rechts muss es sein." Die Kommissarin sah vom Stadtplan auf. „Hier!", rief sie. „Klosterstraße! Da geht's rein."

Relling bog ab. „Welche Nummer?"

„118." Sie kniff die Augen zusammen, um die Hausnummern besser erkennen zu können.

„Auf deiner Seite", stellte Relling fest, weil er links eine Hausnummer mit ungerader Zahl erkannt hatte.

„Hier ist 44, 46, 48 . . .", zählte sie mit und stopfte nebenbei den äußerst grob gefalteten Stadtplan in das Ablagefach der Seitentür.

Als sie auf Höhe der Hausnummer 90 angekommen waren, sah Relling einen freien Parkplatz am Straßenrand und parkte den Bus. „Den Rest gehen wir zu Fuß, da sehen wir mehr", entschied er.

„Es sind bestimmt die Wohnblocks da vorne", vermutete die Kommissarin, als sie aus dem Auto gehüpft war.

Die große Wohnanlage war älteren Baujahrs, aber frisch renoviert und in gepflegtem Zustand. Die kombinierte Briefkasten- und Klingelanlage für zwanzig Parteien verriet mit schweizerischer Gründlichkeit, dass Claire Fabius im vierten Obergeschoss, rechts außen, gewohnt hatte.

Relling drückte wahllos ein paar der Klingeln.

„Hallo?", meldete sich bald eine krächzende Stimme.

„Hier ist die Seelsorge, können sie bitte öffnen?",

antwortete Relling in die Sprechanlage.

Das Knacken im Lautsprecher, das verriet, dass der Gesprächspartner den Hörer auflegte, ging einher mit einem Summen an der Tür.

„Na?", machte der Pfarrer.

„Nicht schlecht. Und nicht mal gelogen", brummte die Kommissarin, während sie die Tür aufstieß.

Der Lift war klein und stickig.

„Wieso hast du eigentlich deine Arbeitskleidung an?", fiel der Kommissarin auf, weil der Pfarrer seinen üblichen schwarzen Anzug mit dem kleinen goldenen Kreuz am Revers und ein dunkelgraues Hemd mit dem weißen Kollar im Kragen trug.

„Das verrate ich dir später", vertröstete Relling die Kommissarin und schob die Tür des Aufzugs auf, der mit einem Ruck im vierten Obergeschoss angekommen war.

Sie gingen nach rechts durch den Flur.

„Familie Lütti", las Relling das Klingelschild der nächsten Tür vor. „Das ist rechts innen, also die da vorne."

Das Schild *Fabius* bewies ihnen dort, dass sie richtig waren.

Die Kommissarin kramte in ihrer Umhängetasche und brachte einen Knäuel Plastik hervor. Den warf sie vor sich hin und kniete davor nieder. Aus dem Durcheinander fummelte sie ein hellblaues Teil, das Relling an die Hauben erinnerte, die Ärzte während einer Operation trugen.

„Fuß!", kommandierte sie, dem Pfarrer an die Wade klopfend.

Der hatte begriffen und hob ein Bein.

Flugs zog sie ihm den Einweg-Überschuh um den

schwarzen Slipper. Mit dem anderen Fuß verfuhr sie genauso, anschließend bediente sie sich selbst.

Nun waren von dem Plastikhäufchen noch zwei Paar Latex-Handschuhe übrig. Sie streckte ihm einen Satz davon hin. „Wie das geht, weißt du."

Noch während sie sich die anderen Handschuhe überstreifte, rutschte sie auf den Knien zur Tür. Wieder wühlte sie in ihrer Tasche, diesmal zog sie ein Etui heraus. Dem entnahm sie ein längliches Werkzeug, das aussah wie ein Bleistift mit einem dünnen gebogenen Stahlhaken am Ende und ein ähnliches Teil mit geradem Endstück.

Relling erinnerten beide Werkzeuge schmerzhaft an die Instrumente, die sein Zahnarzt immer benutzte, um an den schadhaften Stellen seiner Zähne zu kratzen.

Die Kommissarin schob das Teil mit dem gebogenen Ende ins Türschloss und hielt es ruhig. Dann fuhr sie mit dem geraden ebenfalls hinein, drehte beide ein wenig und nach einem leisen metallischen Knacken ging die Tür auf.

„Na?", machte sie zu Relling.

„Auch nicht schlecht", lobte der.

Sie schob Relling in die Wohnung und machte leise hinter sich die Tür zu.

„Shit!", zischte sie. „Genau das habe ich befürchtet. Der Klassiker!"

Relling fiel nicht schwer, zu erkennen, was sie meinte.

Jemand hatte der Wohnung bereits einen Besuch abgestattet und hemmungslos nach brauchbarem Material gesucht.

„So muss es nach einem Tornado aussehen."

Die Kommissarin stieg über einen Berg aus

Gegenständen, die wohl früher die kleine Diele zierten. Die Schubladen einer Kommode waren ausgeleert und dann achtlos auf den Haufen geworfen worden, sogar Mäntel und Jacken lagen zerwühlt dazwischen. „Extra schnell, ohne formellen Dienstweg - und doch zu langsam!"

„Nicht einmal die Bilder haben sie hängen lassen", beklagte Relling.

Die Kommissarin stieß eine Tür auf. „WC", sagte sie , während sie einen Schritt in den Raum trat. „Im Spülkasten war offensichtlich auch nichts!"

Die Tür auf der gegenüberliegenden Seite stand einen Spalt breit offen. Schwerer Parfümduft drang heraus.

Die Kommissarin inspizierte das Bad. „Wenn man nichts findet, kann man ja wenigstens Parfüm- und Shampooflaschen über die Wäsche kippen", sagte sie zynisch. „Das war keine Durchsuchung, das war purer Vandalismus!"

„Oder Hass", vermutete Relling, der schon durch einen Rundbogen in den großen Wohnraum gegangen war, der wegen der Vielzahl an durcheinandergeworfenen Gegenständen besonders verwüstet schien. Kein Schrank, kein Regal hatte mehr Inhalt, selbst das Geschirr aus der seitlichen offenen Küche und der Inhalt des Kühlschranks lagen verstreut. „Oder die pure Freude am Bösen", ergänzte er mit Blick auf die zerschnittenen Ledergarnituren.

„Oder beides", hörte er die Kommissarin aus dem gegenüberliegenden Schlafzimmer kommen. „Sie wollten die Existenz der Journalistin als Ganzes auslöschen. Ihr das Leben zu nehmen, hat ihnen nicht gereicht. Auch was zu ihrem Leben gehörte, mussten sie zerstören." Sie hielt ein paar bunte Stoffstücke in der Hand. „Nicht nur das Bett haben sie aufgeschlitzt, sogar ihre Kleider haben sie in Fetzen geschnitten", schüttelte sie den Kopf.

Bemüht, dabei nichts zu zertreten, stakste Relling durch die Utensilienberge zu der großen Glasfront und sah auf den Balkon hinaus. „Schön hat sie gewohnt", murmelte er und zog die breite Schiebetür auf.

Vom Balkon aus sah man einen Teil des Zürichsees.

„Hier waren sie wohl nicht", hörte er die Kommissarin hinter sich.

Relling sah sich um. Eine weiße Kunststoff-Liege ohne Bezug, zwei Stühle gleicher Bauart an einem Tischchen. „Hier draußen ist ja auch nichts", antwortete er. „Viel Zeit für die kleinen Genüsse des Alltags scheint sie sich nicht genommen zu haben", bedauerte er mit einem lustvollen Blick auf den See.

„Es macht nicht wirklich Sinn, hier nach Unterlagen oder Daten zu unserem Fall zu suchen", murrte die Kommissarin und sah zum Schreibtisch hinüber. Einige herrenlose Kabel verrieten, dass dort ein Computer oder ein Laptop gestanden hatte. „Wenn etwas zu finden war, haben sie es mitgenommen. Aber umsehen werde ich mich trotzdem noch."

Sie ging in den Arbeitsbereich des großen Wohnraumes, wo der Schreibtisch stand und die meisten Ordner und deren Inhalt auf dem Boden zerstreut waren. Sie hob Ordner und Schriftstücke auf, blätterte sie durch und warf sie dann auf das Sofa.

Der Pfarrer eiste mit einem Seufzen seine Augen vom See los und ging zurück ins Wohnzimmer. „Suchst du etwas Bestimmtes, Maria?"

„Ja", antwortete sie beiläufig. „Unterlagen zu dieser Wohnung. Mietvertrag, Kaufurkunde, so etwas."

„Aha", machte der Pfarrer und begann ebenfalls, das Chaos zu durchsuchen. „Diese miesen Banausen!", schimpfte er, während er einige der Bücher, die zerfleddert und haufenweise fast den ganzen Fußboden bedeckten, aufhob und zurück ins Regal stellte. „Tolstois *Auferstehung*, in einer ganz besonderen Ausgabe, mit Goldschnitt!", klagte er bei dem Versuch, die aufgefalzten Blätter zu glätten.

„Und hier – ein Dostojewski, und noch ein Band, *Die Dämonen*, das war bestimmt eine Gesamtausgabe!" Vorsichtig schob der Pfarrer einen Teil des Bücherbergs auseinander. „Natürlich, da ist ja der Schuber!" Er zog einen platt gedrückten Karton hervor. „Dostojewski – Gesammelte Werke", las er vor.

Es störte ihn nicht, dass die Kommissarin nicht antwortete.

Entmutigt ließ sich Relling auf den Boden sinken. Es war eine Katastrophe. Hier etwas retten zu wollen, würde Tage dauern. Wo er auch in den Berg hineingriff, er bekam ein wertvolles Buch zu fassen. „Edgar Allen Poe – die Gedichte, eine antiquarische Ausgabe von 1912!", sprach er leidend vor sich hin.

Es schien ihm sinnlos, die Bücher weiterhin in das Regal zu stellen. Bald müssten sie wieder aus der Wohnung verschwinden, er konnte keinen Bruchteil der Bücher retten. Außerdem war ja völlig ungewiss, was die Behörden mit den Werken anstellen würden. Für ein paar Sekunden erwog er, so viele mitzunehmen, wie er tragen konnte. Dabei fiel ihm zwar ein bestimmtes der zehn Gebote ein, das hätte er aber hypothetisch mit ausgezeichneten Argumenten umschiffen können. Einzig der Gedanke, eine Verstorbene zu bestehlen, hielt ihn ab.

In seiner Hoffnungslosigkeit legte er das Buch, das er gerade in der Hand hatte, behutsam auf die Seite, griff aber, wie magnetisch angezogen, wieder in den Stapel. „Dante – Die göttliche Komödie", lamentierte er weiter, „der *Parzival* von Eschenbach! Es ist zum heulen!"

„Hör mal, Berger", riss ihn die Stimme der Kommissarin aus seinem Leid.

Sie hatte ihr Handy am Ohr. „Du musst herausfinden, was die Fabius für ein Auto hatte und von wo sie abgeflogen ist!", kommandierte sie den Staatsanwalt. „Das brauch' ich schnell! Ja, frag halt den Koschmann, der wird's wohl wissen. Ruf mich dann gleich zurück!" Anschließend informierte sie den Staatsanwalt noch darüber, wie sie die Wohnung vorgefunden hatten.

Relling griff nach der Ecke einer Art Plastikfolie, die aus dem Durcheinander hervorragte. Er stand auf und betrachtete das harte, durchsichtige Stück Kunststoff. Es war etwa halb so groß wie ein normales Blatt Papier, jemand hatte mit schwarzem Filzstift scheinbar willkürlich etwa zwei Millimeter große Striche, oft auch eher Punkte, darauf verteilt. Ein Muster oder Sinn war nicht erkennbar. Während in der obersten Linie vier Striche mit unregelmäßigen Zwischenräumen zu sehen waren, waren es in der nächsten sechs mit ganz anderen Abständen. Dann eine Lücke, danach nur zwei Markierungen, die allerdings nebeneinander. Weiter unten wieder mehrere in drei aufeinanderfolgenden Linien.

Relling drehte die Folie um, dann ins Querformat, zum

Schluss ein Mal um die ganze Achse, aber es ergab nie einen Sinn. Irgendwo hatte er etwas Ähnliches aber schon einmal gesehen.

„Schiffe versenken", stand die Kommissarin neben ihm.

„Bitte was?", fragte Relling verdutzt.

„Da drüben liegen noch so ein paar Dinger in dem Haufen. Scheinbar hat sie *Schiffe versenken* gespielt. Kennst du das nicht, Werner?"

Relling erinnerte sich dunkel.

„Beide Spieler machen sich ein gleiches Raster, zum Beispiel zehn Quadrate, jedes Quadrat erhält eine Bezeichnung, etwa von links nach rechts mit Buchstaben, von oben nach unten mit Zahlen. Ganz links oben ist dann A 1, rechts daneben B 1, und nach unten ist unter A 1 die A 2, darunter A 3 und so weiter. Du darfst ein paar Schiffe in den Feldern verstecken, dein Gegner auf seinem Blatt auch, dann wird geraten. Sagst der *C 4* und du hast dort ein Schiff versteckt, hat er dich versenkt. Damit man weiß, welche Quadrate man schon erfragt hat, macht man sich in seiner Liste ein Strichlein in dieses Feld. Am Schluss sieht's dann so aus", deutete sie auf das Plastik. „Gibt's übrigens auch für den Computer", wusste sie noch.

Relling drehte das Stück nochmals auf die Rückseite. Irgendetwas gefiel ihm an dieser Erklärung nicht.

„Komm Werner, wir müssen hier raus!", befahl die Kommissarin.

Relling machte „hm" und warf das Plastik aus dem Handgelenk zurück auf den Haufen. „Hast du gefunden, wonach du gesucht hast?", fragte er dann.

„Ja, den Kellerplan", antwortete sie, mit einem

Grundrissplan in der Hand wedelnd. „Alle, die etwas suchen, nehmen immer die Wohnung auseinander. Siehst du auch in jedem Krimi so. Den Keller vergessen sie immer. Aber das richtige Kellerabteil zur Wohnung findet man in solchen Wohnanlagen ja auch nicht ohne Weiteres, dort hängt ja kein Klingelschild dran."

„Maria, hast du irgendwo eine Katze gesehen?"

„Was?", stutzte die Kommissarin. „Katze? Nein. Warum?"

Relling deutete auf den Boden der Kochzeile. Dort standen ein Fressnapf und eine kleine Wasserschüssel, Futterdosen lagen herum, eine Packung Trockenfutter mit einem großen Katzenkopf darauf lag umgekippt daneben.

Synthetisch erklang Musik, *I can get no Satisfaction* von den Rolling Stones. Die Kommissarin fingerte in ihrer Tasche nach dem Handy. „Berger! Was hast du?", bellte sie hinein.

Relling registrierte, dass sie den Klingelton gewechselt hatte. ‚Die Zeit der Schwarzmalerei ist wohl vorbei`, dachte er lächelnd, weil sie früher immer *Paint it black* von der gleichen Gruppe als Anrufmelodie ausgewählt hatte.

Er beschloss, die Zeit des Telefonats zu nutzen, um nochmals in alle Räume zu sehen. Wankend überstieg er die Einrichtungsberge, kontrollierte jeden Winkel, sah unter das Bett, unter die Sessel und das Sofa. Dabei hörte er mehrere „aha" und „ja" der Kommissarin, ein „wie heißt das?" und „wo ist das?", am Ende dann noch: „Tschüss Berger".

Relling ging zurück. „Die Katze ist nirgends", berichtete er nachdenklich.

„Vielleicht haben sie kurz die Tür aufgelassen und sie ist ausgebüchst", mutmaßte die Kommissarin.

„Glaube ich nicht", meinte Relling. „Ich denke, sie haben sie mitgenommen."

Die Kommissarin sah ihn fragend an, sagte aber: „Wir müssen los, auf!" Sie kämpfte sich zur Wohnungstür, öffnete sie einen Spalt breit, schob den Kopf in den Flur. „Ok", nickte sie dann zum Pfarrer und ging hinaus.

Während Relling die Tür zuzog, entledigte sich die Kommissarin der Schuh-Überzüge und der Handschuhe.

Relling nestelte sich ebenfalls umständlich das Latex von den Händen.

„Zuerst in den Keller, dann zum Flugplatz", programmierte sie den weiteren Ablauf und ging zum Lift.

„Speck", sagte die Kommissarin im Aufzug und schrieb etwas in ihr Notizbuch.

„Oh, gerne", freute sich Relling, „hier in der Schweiz gibt es dieses Bündnerfleisch, hauchdünn geschnitten ist es . . ."

„Speck heißt ein Kaff, etwa zehn bis fünfzehn Kilometer von hier", unterbrach die Kommissarin seine Illusion. „Dort ist der Flugplatz der *Sportfliegergruppe Zürcher Oberland*", erklärte sie weiter, während sie die Tür des Aufzugs für Relling aufhielt. „Von dort ist sie abgeflogen, da steht wahrscheinlich ihr Auto. Da fahren wir nachher hin, vielleicht finden wir darin etwas Brauchbares."

Relling ging hinter der Kommissarin her, die den Kellerplan vor sich hielt und zielstrebig auf eines der Lattenrost-Abteile zusteuerte.

„Essen, irgendwann mal, wäre wirklich nicht falsch", meinte Relling.

„Das muss ihr Keller sein." Die Kommissarin blieb

stehen und sah durch die Spalten der Lattung.

In dem etwa sechs Quadratmeter großen Raum standen ein Paar Ski an die Rückwand gelehnt, daneben die zugehörigen Schuhe und Stöcke, davor ein exklusives Mountainbike. Sonst war das Kellerabteil leer.

„Fehlanzeige", bedauerte die Kommissarin. Mit einem Rundumblick vergewisserte sie sich, dass sie nichts übersehen hatte. „Also ab zum Flugplatz", ordnete sie an und stürmte Richtung Treppe.

Als sie schon fast am Wagen angekommen waren, realisierte die Kommissarin, dass Relling seltsam schlurfte. Sie hielt an und sah an ihm hinab. „Du kannst die Überzüge jetzt abziehen, Werner."

„Oh", sagte der und hielt sich an ihrer Schulter fest, um einen sicheren Stand zu haben, während er sich das Plastik von den Schuhen zerrte.

Im Auto zog die die Kommissarin den Stadtplan aus dem Seitenfach und entwirrte ihn. „Da haben wir es ja", freute sie sich nach kurzer Suche, „Speck-Fehraltorf, so heißt das richtig! Gerade aus bis zur nächsten größeren Straße, dann links."

Als ein Schild ankündigte, es seien noch drei Kilometer bis zum Flugplatz für Sportflieger, krumpelte die Kommissarin die Karte zusammen und schob sie ins Handschuhfach. „Willst du mir jetzt vielleicht verraten, warum du in Arbeitskleidung unterwegs bist?", grinste sie Relling an.

„Das ist schnell erzählt", antwortete Relling. „Gestern, nachdem du gegangen bist, habe ich nochmals nachgelesen, über den Codex und das ganze Teufelszeug. Zwischendurch habe ich die Ausrüstung hier im Bus verstaut, dabei auch ein frisches Hemd und etwas Wäsche, dann wieder recherchiert. Irgendwann war es Mitternacht, ich bin ins Bett. Heute Morgen aufgestanden, wie immer in den Anzug gestiegen, gefrühstückt, ein paar Aufzeichnungen gemacht. Dann bist du gekommen und wir sind abgefahren."

„Heißt das im Klartext, du hast vergessen zu packen und nur diesen schwarzen Tüll dabei, den du am Leib trägst?", wieherte sie.

„Ich wollte mich sowieso neu einkleiden, Zürich scheint mir dafür sehr geeignet", sagte der Pfarrer ruhig und lenkte den VW-Bus in Richtung des Parkplatzes, der vor einer größeren Flugzeughalle und einem gestreckten Gebäude mit angeschlossenem Kontrollturm lag. „Was für ein Auto suchen wir?"

„Den da!", rief die Kommissarin und zeigte auf einen roten Volvo Kombi älteren Baujahrs, der seitlich neben einer kleineren Halle stand, die etwas abseits der anderen Gebäude lag. „Fahr' direkt dahinter!" Das musste er sein, ähnliche Autos waren nicht zu sehen.

Die Kommissarin stieg aus und sah sich um.

In diesen Nachmittagsstunden war nicht viel Betrieb auf dem Fluggelände. Ein Paar ging gerade schwatzend in das niedrige Gebäude, das vermutlich das Clubheim war. In einiger Entfernung standen plaudernd drei Männer mit Pilotenjacken. In der großen Halle, deren Tore offen standen, war ein Monteur am Motor einer Propellermaschine beschäftigt. Ein Flugzeug kreiste in der Luft, einige waren abseits des Rollfeldes geparkt.

Die Kommissarin schlenderte um den Volvo. „Auch sehr aufgeräumt", meinte sie enttäuscht zu Relling, der sich zu ihr *gesellt hatte.*

Ladefläche und Innenraum des Volvo waren leer.

„Schauen wir trotzdem rein", meinte sie verdrossen.

Bei einer der in der Nähe stehenden Maschinen wurde der Motor angelassen. Langsam ruckelte sich das Flugzeug zur Startbahn.

„Das ist günstig, da machen wir jetzt nicht lange 'rum", brabbelte die Kommissarin und hastete zum Campingbus.

Der Pilot war an der Rollbahn angekommen und setzte den Startvorgang fort, indem er den Motor auf hohe Drehzahlen brachte.

Die Kommissarin riss sich die Jeansjacke herunter und zerrte den Feuerlöscher unter dem Fahrersitz des VW hervor.

Während der Pilot anrollte und Vollgas gab, umwickelte sie den Feuerlöscher mit der Jacke und ging zum Fahrerfenster des Volvo. Wieder sah sie sich kurz um. Hinter ihr war die Wand der Halle, der Volvo wurde zum Parkplatz hin vom Bus verdeckt, in unmittelbarer Nähe war niemand.

Als der Motorenlärm am lautesten war, hob die Maschine ab. Genau in dem Moment donnerte die Kommissarin den Feuerlöscher gegen das Seitenfenster. Wie geräuschlos zersprang die Scheibe in tausende kleiner Splitter. Sie griff hinein und zog den Türöffner.

„Schau dich im Auto um, ich pass' auf, dass keiner kommt!", kommandierte sie. Sie warf den Feuerlöscher mitsamt der Jacke in den Camper und spazierte dann zwischen den Autos und dem Ende der Halle hin und her.

Relling beugte sich ein Stück über den Fahrersitz und zog den Entriegelungsbügel für die Fronthaube. Mit einem leichten Stöhnen richtete er sich wieder auf und ging zur

Motorhaube. Nach einem kurzen Blick drückte er die Haube wieder hinunter. Er hatte zwar keine Ahnung von Technik, sah aber doch, dass im Motorraum nichts versteckt sein konnte. ‚Wäre bei der Hitzeentwicklung wohl auch Blödsinn`, dachte er sich und stieg wieder in den Wagen.

Die Kommissarin beobachtete ihn argwöhnisch.

Relling krabbelte über die Sitze zur Ladefläche und zog die Abdeckung hoch. Reserverad, Bordwerkzeug und Warndreieck saßen in ihren Halterungen. Den Verbandskasten, der dazwischen lag, öffnete er und kippte den Inhalt aus. Alles war originalverpackt. Ächzend schob er seinen groß gewachsenen Körper zurück auf den Fahrersitz und beugte sich dann zum Handschuhfach.

‚Manche Menschen haben eine beneidenswerte Disziplin`, kommentierte er den Inhalt. Zwei Kugelschreiber, ein leerer Notizblock, eine Taschenlampe, eine Parkscheibe und ein ordentlich gefalteter Stadtplan von Zürich.

„Wo nichts ist, kann man nichts finden", murmelte er vor sich hin, stützte sich mit der rechten Hand auf den Beifahrersitz und tastete mit der linken darunter herum. Außer staubigen Fingern war auch hier nichts zu holen.

Relling richtete sich auf und schob das linke Bein aus dem Auto, um auszusteigen. Den Griff unter den Fahrersitz hielt er zwar für überflüssig, sicher würde auch hier nichts zu finden sein, aber der Vollständigkeit halber krümmte er sich nach unten und schob die Hand in den Freiraum. Seine Finger stießen auf Stoff mit etwas Hartem darin. Er tastete weiter, spürte etwas Kantiges, in einem Sack oder etwas Ähnlichem. Er griff das Bündel und zog es heraus.

Die Kommissarin stand an der Ecke der Halle, sah zum

Himmel und beobachtete, wie der Pilot, der gerade gestartet war, in geringer Höhe ein paar enge Kurven flog.

„Sieh mal, ich habe doch noch etwas gefunden!", hörte sie Relling freudig rufen und drehte sich um.

Der kam auf sie zugelaufen, mit der rechten Hand schwang er eine große Pistole hin und her, in deren Griff ein überlanges Magazin steckte. Mit der linken hielt er triumphierend drei weitere Magazine hoch, die mit einem Klebeband zusammengeschnürt waren.

„Wah!", schrie die Kommissarin. „Hör auf, mit dem Ding rumzufuchteln! Arme runter, sofort!"

Enttäuscht senkte der Pfarrer die Arme und schob die Unterlippe hoch.

Die Kommissarin stürzte auf ihn zu und nahm ihm seinen Fund ab. „Puh", machte sie erleichtert, als sie sah, dass die Waffe gesichert war. „Wo hast du die her?"

„War unter dem Fahrersitz, in einen Stoffsack eingewickelt."

„Sonst nichts gefunden? Hast du überall geguckt?"

„Nein. Ja", antwortete Relling knapp. Ein kleines Lob hatte er für seine Entdeckung schon erwartet.

„Ok, Abfahrt!", murrte sie stattdessen und ging zum VW-Bus.

Relling trottete hinterher und zog den Zündschlüssel aus der Hosentasche.

„Campingplatz?", fragte er, als sie im Wagen saßen, starrte dabei aber geradeaus.

„Ja", antwortete sie, während sie Waffe und Magazine vorsichtig in den Fußraum legte. „Bitte!", setzte sie dann freundlich dazu.

Als nach etwa zwei Kilometern in einem Waldstück ein Hinweisschild auf einen Parkplatz kam, bat sie Relling, dort anzuhalten.

Kaum dass er den Motor abgestellt hatte, nahm sie die Waffe hoch und legte sie, den Lauf auf ihre Seitentür gerichtet, auf die Knie.

„Das ist ein höllisches Gerät", begann sie zu erklären.

„Muss es wohl sein, wenn sogar Frau Kommissarin Panik davon bekommt!", reizte Relling.

„Ich hatte keine direkte Angst vor der Waffe, sondern davor, dass du sie hattest", gab sie zurück. „Aber jetzt sei nicht gleich wieder beleidigt, Werner. Das kannst du ja alles nicht wissen. Wenn du nämlich mit einer normalen Pistole fuchtelst und ein Schuss löst sich, dreht es sich um eine Kugel. Mit etwas Glück steckt sie im Oberschenkel und man überlebt."

Sie tätschelte die Waffe. „Bei dem Baby hier ist das etwas anderes. Wie gesagt, kannst du nicht wissen, aber sie hier ist trotz ihrer geringen Größe eine ausgewachsene Maschinenpistole. Und wenn dieses Hebelchen hier", tippte sie mit dem Zeigefinger auf einen Schieberegler oberhalb des Griffs, „nicht so wie jetzt auf S für *save* steht oder auf F für *fire*, also *Einzelschuss*, sondern auf A wie *automatic* und du hältst den Abzug gedrückt, dann hört sie nicht mehr auf, zu spucken! Im Null-Komma-Nix hast du die 40 Schuss aus dem Magazin unter die Leute gebracht!"

Relling sah skeptisch zu dem Metallstück, das gerade mal so lang war wie ein Din-A4-Blatt im Querformat. „Wer erfindet so etwas?"

Die Kommissarin lachte. „Ein Deutscher aus

Weimar namens Gotthard Glass. Er war Jude und ist im Nazi-Deutschland noch rechtzeitig nach Palästina ausgewandert. Dort nannte er sich Uziel Gal, darum heißen die Dinger UZI-Maschinenpistolen."

„Und warum sind die so klein?"

„Die ursprüngliche UZI ist deutlich größer und war jahrelang eine der Standard-Waffen der israelischen Armee. Um sie, zum Beispiel beim Personenschutz, verdeckt, also unter der Anzugjacke, tragen zu können, hat man die kurze Version entwickelt. Es gibt noch eine Größe zwischen der hier und ihrer ganz großen Schwester."

„Und der Bügel hier?", wollte Relling wissen.

„Das ist ein Klappschaft", erklärte die Kommissarin. „Zum Abfeuern nicht nötig, aber wenn du den nach hinten klappst, kannst du ihn an die Schulter drücken, dann ist das Teil beim Schießen etwas ruhiger." Sie sah prüfend auf das hintere Ende der Maschinenpistole, wo Zahlen und Buchstaben eingraviert waren. „Bei der hier auch sehr empfehlenswert, ist nämlich eine Version, von der nicht so viele gebaut wurden, im Kaliber .45."

„Ist das alles kompliziert", stöhnte der Pfarrer.

„Eben gerade nicht!", erregte sich die Kommissarin. Sie nahm die Waffe auf und drückte einen Knopf am Griff. Das Magazin rutschte heraus. „Drei simple Handgriffe: Magazin rein", sie rammte das Magazin zurück in den Pistolengriff, wo es mit einem metallischen Klacken einrastete, „diesen Bügel hier", sie deutete auf einen runden Knopf in der Mitte des Waffenkörpers, „kräftig nach hinten ziehen. Den Wählhebel auf *A* wie *automatic*, und fertig ist der Mehrfach-Tod! Und das mit Kaliber .45, eine echte Massaker-Waffe!"

„Meine Werkzeuge sind mir da entschieden lieber!", war Relling überzeugt. „Ich frage mich nur, wie eine Journalistin zu so einem Ding kommt und wofür sie es braucht."

„Zu einer Waffe kommen, ist heutzutage nicht schwer. Bei ihren Kontakten sogar wohl eher ein Kinderspiel. Und gebraucht haben wird sie sie, weil sie sich bedroht fühlte, nehme ich an."

„Wohl nicht so ganz zu Unrecht", meinte Relling bitter. „Aber warum war die UZI dann im Auto, warum hatte sie sie nicht dabei?"

„Na, überleg' mal, Werner. Im Flieger war sie allein, da war keine Waffe nötig. Am Zielort war sie mit einem BKA-Mann verabredet, grundsätzlich wohl Schutz genug. Also hatte sie das Teil im Auto, auf der Fahrt zum Flugplatz, wo ja hätte etwas passieren können. Und sie hätte es auf dem Rückweg zur Wohnung wieder gehabt . . ."

Der Pfarrer nickte zustimmend.

„Außerdem - nehmen wir an, sie hätte auf deutschem Gebiet wegen einer Panne landen müssen, oder wegen dem Wetter, oder so halt, und jemand hätte das Ding entdeckt! Eine UZI löst auf deutschem Boden einen Einsatz des Sonderkommandos aus!"

Relling blickte erstaunt. „In der Schweiz nicht?"

„Sie sind hier insgesamt etwas ruhiger, auch was Waffen angeht", lachte die Kommissarin.

„Und was machen wir jetzt damit?"

„Das Baby ist beschlagnahmt", sagte sie und platzierte die UZI wieder im Fußraum, „damit es nicht in falsche Hände gelangt. Es hier abzugeben, würde zu viele Fragen und

Formalien aufwerfen. Wir nehmen es mit, zu Hause bekommt es der Staatsanwalt."

„Und die Grenze?", war Relling skeptisch.

„Schmuggeln wir 'rüber. Falls sie uns erwischen, kann ja außer Zeitverlust nichts passieren. Berger holt uns dann schon wieder raus."

„Ok", war Relling zufrieden. „Können wir dann wieder?" Er startete den Motor. „Wir kommen gerade richtig zum Abendessen auf den Campingplatz", freute er sich.

„Na dann!", sagte sie frustriert. „Mir ist allerdings der Appetit vergangen. Den ganzen Tag unterwegs und nicht den Hauch einer Spur, nicht den kleinsten Anhaltspunkt!"

Relling schaltete das Radio ein. „Musik hilft gegen Depressionen", wusste er.

Aus den Lautsprechern dröhnte *Smoke on the Water* von Deep Purple. Sofort klopfte Relling den Takt auf dem Lenkrad mit.

Weil ihr das Stück auch gefiel, entspannte sich die Kommissarin zunehmend.

„Hier ist Radio Energy mit der Oldie-Ecke", verkündete eine fröhliche Stimme, nachdem Deep Purple verstummt waren. „Einer hat noch Platz vor den Nachrichten – ein Mega-Hit aus den späten Sechzigern! Das macht gute Laune! Lasst euch anstecken, Leute, auch wenn ihr jetzt vielleicht im Stau steht! Rund um Zürich dichter, aber fließender Verkehr – den ausführlichen Bericht gleich, nach den Nachrichten. Und wenn ihr wollt, hören wir uns dann wieder – mit der zweiten Runde der Oldie-Ecke, hier auf Radio Energy! Doch jetzt erst einmal, zum mitgrooven und mitsingen – die Turtles!"

Als Relling das abgehackte Staccato der ersten Töne ins

Ohr drang, wusste er sofort, dass er diesen Titel schon hunderte Male gehört hatte.

Auch die Kommissarin schien sich zu erinnern, sie wippte mit dem Knie im Takt und summte mit. Offensichtlich befolgte sie den Rat des Moderators.

Mittlerweile waren sie wieder im inneren Stadtgebiet angelangt, bald sollten sie die Quaibrücke und damit die Straße erreichen, die sie am See entlang zurück zum Campingplatz führte.

„There' s no one like you, Elenore, really . . .", sangen die Turtles.

Die Kommissarin pendelte mit dem Oberkörper im Takt. Aus ihrem Summen war ein zögerliches Mitsingen geworden. Sie kannte wohl Passagen des Textes, aber nicht immer ganz genau. Beim zweiten Refrain war sie sich ihrer Sache jedoch sicher und sang lauthals mit.

„Elenore, gee, I think you' re swell,
and you really do me well,
you' re my pride and joy . . ."

Um sein rechtes Ohr entlasten und sein Lachen besser verbergen zu können, drehte Relling den Kopf zu seinem Seitenfenster.

Auf dem begrünten Mittelstreifen zwischen den Fahrbahnen stolzierte eine tiefschwarze Krähe mit einem Beutestück im Schnabel durch das kurze Gras.

„I think I love you, Elenore, love me"

Relling trat mit voller Wucht in die Bremse. Mit quietschenden Reifen kam der Bus zum Stehen.

Die Kommissarin hing im Sicherheitsgurt.

Hinter sich hörte Relling kurz das schrille Pfeifen auf

Teer reibenden Gummis, dann das Krachen berstenden Kunststoffs. Er sah in den rechten Außenspiegel. Ein sportlicher BMW hing mit der vorderen rechten Hälfte auf dem Bordstein, sein Frontspoiler war zum großen Teil abgerissen.

Ein junger, südländisch wirkender, kleinerer Mann stieg aus dem havarierten BMW und begann, wild zu schreien.

Relling sprang aus dem Camper und lief nach hinten.

Der Schreier verstummte, als er einen Pfarrer erkannte.

„Allzeit gesegnete Fahrt, mein Sohn", schlug Relling das Kreuz über ihn. „Gottes Segen auf all deinen Wegen!" Damit sprang er zurück in den Camper.

„Willst du uns mit aller Macht sofort zu deinem Chef bringen?", empfing ihn die Kommissarin wetternd.

Aber Relling legte den Gang ein und startete mit Vollgas.

Die Kommissarin schaltete das Radio aus. „Hat dich was gestochen?", schrie sie und klammerte sich an ihren Haltegriff.

„Ich halte dein Gesinge nicht mehr aus", antwortete er mit zynischem Grinsen.

Sie starrte ihn mit großen Augen an.

Der Mittelstreifen gab den Weg für Linksabbieger frei. Relling riss das Lenkrad herum und brachte den Bus schleudernd auf die Gegenfahrbahn.

Die Kommissarin klatschte gegen das Seitenfenster.

„Den Weg zurück in diese Wohnung", bellte er, „schnell!"

Murrend nestelte sie den Stadtplan aus dem Handschuhfach.

So schnell es ging peitschte Relling den Bus durch den dichten Verkehr.

„Übernächste rechts", hatte die Kommissarin die Orientierung gefunden. „Dann nach ein paar hundert Metern links, müssten wir in der Nähe sein."

„Ja, genau!" Relling erinnerte sich, vorher auf dem Weg zum Flugplatz durch dieses Wohngebiet gefahren zu sein.

Vor der Wohnanlage sah er einen freien Platz und brachte den Bus mit einem abrupten Bremsmanöver zum Stehen.

„Wir müssen da nochmal rein", sprang er schon vom Fahrersitz.

Während sie ihre Umhängetasche hinter dem Sitz hervorhangelte, dachte sie, grundlos würde der Pfarrer sich niemals so wild gebärden und freute sich insgeheim auf die Auflösung dieses Rätsels. Hastig stopfte sie die UZI und die Magazine in die Tasche und stürzte Relling hinterher.

Als ihnen ein Spaziergänger mit einem kleinen Hund begegnete, versuchte sie, mit dem Arm das Magazin, das oben aus der Tasche lugte, zu verbergen.

„Mir ist da etwas eingefallen", sagte Relling im Lift lapidar.

„Ach so", mühte sie sich um Gleichgültigkeit.

Kaum dass sie die Wohnungstür geöffnet hatte, stürmte Relling ins Wohnzimmer und stürzte sich auf den Bücherberg.

„Wo hab' ich das hingelegt?", sprach er vor sich hin. „Es muss da irgendwo gewesen sein!"

„Was suchst du denn?", wollte die Kommissarin wissen.

„Such' diese Plastikdinger", ordnete er statt einer Antwort an. „Die vom *Schiffe versenken*!"

Die Kommissarin legte die Tasche auf einen Sessel und begann zu suchen.

Relling nahm ein paar der Bücher von dem Stapel, den er zum Schluss vor dem Regal gebaut hatte, herunter. „Da!", rief er dann, griff den nächsten Band und richtete sich auf.

Mit beiden Händen das Buch vor sich haltend, ging er zur Sitzgruppe. „Hier", sagte er stolz.

Die Kommissarin hatte ein Exemplar des Gesuchten gefunden. „Ach, dir ist eingefallen, dass du mal wieder ein gutes Buch lesen könntest", provozierte sie schnippisch.

„Genau", lächelte Relling, „und zwar ein ganz Bestimmtes!" Er setzte sich in den Sessel, fegte achtlos mit einer wischenden Handbewegung alles Störende vom Tisch, legte das Buch darauf und begann zu blättern.

„Prima", lobte sie ironisch. „Und was lesen wir?"

„Edgar Allen Poe", antwortete der Pfarrer bereitwillig. „Gedichte. "

Er hatte gefunden, wonach er gesucht hatte. „And the only word there spoken was the whispered word, Lenore!", las er laut vor.

„Schön, Werner", kommentierte die Kommissarin so zynisch wie ahnungslos und ließ sich auf das Sofa fallen.

„Hast du so eine Folie?"

„Ja", antwortete sie knapp.

„Gib mal her, das Plastik", streckte Relling fordernd die flache Hand aus.

Sie klatschte es ihm darauf.

Relling nahm die Folie dicht vor seine Augen und drehte sie ein ein paar Male vor und zurück. „So 'rum", murmelte er, nachdem er sich sicher war, auf welcher Seite die kleinen schwarzen Striche gemacht worden waren.

Vorsichtig zielend legte er den Kunststoff auf die linke Seite des aufgeschlagenen Buches, sodass der erste Strich der Markierungen über dem ersten Buchstaben des Gedichtes lag. „Hast du etwas zum Schreiben?", fragte er die Kommissarin, ohne aufzusehen.

Die begann, in ihrer Tasche zu wühlen, nahm die Magazine der UZI heraus, um besser finden zu können; endlich streckte sie ihm ein kleines blaues Büchlein in der Größe eines Kartenspiels hin. „Ein Stift steckt drin", informierte sie.

Der Pfarrer zog den winzigen Kugelschreiber heraus, blätterte in dem Notizbuch zu einer freien Seite und platzierte es neben dem Gedichtband. „Dann schauen wir mal, ob ich richtig vermute", murmelte er und las mit gedämpfter Stimme die erste Zeile des Gedichtes. „Once upon a midnight dreary, while I pondered weak and weary". Gespannt schrieb er den Buchstaben ab, der unter der ersten Strichmarkierung lag. „O", notierte er als Erstes. „A", flüsterte Relling. Dann schrieb er nacheinander *l*, *p* und *d*.

„Oalpd", las er vor.

Die Kommissarin runzelte fragend die Stirn.

„Oalpd", wiederholte Relling. „Hm", machte er dann gedankenverloren. „Vielleicht rückwärts", rätselte er weiter. „Dplao", sagte er zwei Mal vor sich hin und ging den ihm zur Verfügung stehenden Katalog an Fremdsprachen durch. „Griechisch, Latein, Englisch, Französisch, Italienisch. Es ergibt nirgends einen Sinn", stöhnte er. „Vielleicht ist das Afrikaans oder Ungarisch, man weiß und kann einfach immer zu wenig!"

„Warum sollte die Fabius so was Exotisches gesprochen

haben?", zweifelte der praktische Verstand der Kommissarin.

„Naja", sagte Relling. „Stimmt eigentlich auch." Dabei fiel ihm auf, dass einige der Markierungen den Text des Gedichtes gar nicht trafen, sondern im leeren Rand lagen.

„Halt!", rief er. „So kann das gar nicht stimmen, sie liegt falsch!" Er schob die Folie hin und her, konnte aber keine vollständige Überdeckung erzielen.

„Vielleicht so?" Mit spitzen Fingern drehte er die Folie herum, damit die unterste Markierungszeile nach oben kam. Wieder waren einige Zeichen außerhalb des Textes, wieder verrutschte er prüfend die Folie, wieder gelang ihm nicht, sie so zu legen, dass alle Striche auf Buchstaben trafen.

Relling schüttelte enttäuscht den Kopf. „Gibt es doch gar nicht . . .", haderte er.

„Aber vielleicht gibt es zwischendurch einen kleinen Satz der Erklärung?", hoffte die Kommissarin.

„Noch haben wir Optionen", grummelte er und zog die Folie auf die rechte Seite des Buches.

Das Gedicht mit seinen 18 Strophen, jede mit sechs Zeilen, nahm insgesamt drei Seiten des Bandes ein.

Auf dieser Seite konnte er sie so legen, dass alle Markierungen Buchstaben abdeckten. Das Zeichen, das jetzt an erster Stelle stand, war minimal größer als die anderen. „Gleich", antwortete er endlich.

Er schob das erste, etwas größere Zeichen genau über den ersten Buchstaben. „Du gehörst bestimmt gar nicht richtig dazu, du sollst mir nur zeigen, dass du der Anfang bist!" Spannung schwang in der Stimme des Pfarrers mit.

„Dann sprich du halt mit den Buchstaben!", zürnte es vom Sofa.

„So, dann schauen wir mal, was sich da ergibt", murmelte er ungerührt und las die Textzeile leise vor sich hin: „Open here I flung the shutter, when, with many a flirt and flutter". Schnell notierte er die Treffer. Erst ein *t*, dann *r, i, e, r*. „Trier!", rief er strahlend.

Die nächste Zeile war frei.

„S - e - c - h - s", las Relling aus der dritten. „Jetzt wieder 5 Zeilen ohne Markierungen", sagte er vor sich hin, „hier ist die nächste: Though the crest be shorn and shaven, thou, I said, art sure no craven". *S - e - i - t - e - n*, notierte er säuberlich.

Des Weiteren fand er noch die Worte *hansen, antik, mattia*, danach ein einzelnes *s*, am Ende das Wort *heim* - dann waren die Markierungen dieser Folie ausgelesen.

Relling ließ sich zurück ins Sofa fallen. „Habe ich es doch gewusst, das sind die verschlüsselten Aufzeichnungen der Journalistin!", triumphierte er. „Es geht so: Man muss auf der Folie die Markierung suchen, die etwas stärker als die anderen ist und sie auf den ersten Buchstaben der ersten Strophe einer Seite des Gedichtes legen. Wenn dann alle Striche auf Buchstaben treffen, weiß man, dass man die richtige Seite hat und kann die Buchstaben ablesen", führte er stolz aus, aber die Kommissarin schien ihm nicht richtig zuzuhören.

„Schön, dass du noch im Büro bist, Berger", hörte er sie sagen. Sie hatte ihr Handy am Ohr. „Kannst du mal schnell im Netz was gucken?"

Die Antwort fiel kurz und positiv aus.

„Und zwar in Trier – gibt es da einen Antiquitätenladen Hansen?"

‚Gar nicht schlecht`, dachte Relling, der gerade

überlegt hatte, was es wohl mit den Worten *hansen* und *antik* auf sich hatte. ‚Manchmal ist Maria richtig schnell.`

„Aha, gut", hörte er sie sagen. „Nein, das reicht für den Moment. Noch nichts Neues, ich melde mich wieder."

Schon verschwand das Handy wieder in der Umhängetasche.

„Gibt es", bestätigte sie knapp. „Eine verrückte Art, so seine Informationen und Aufzeichnungen zu verstecken." Sie deutete mit dem Kopf auf den Gedichtband und die Folie. „Irgendwie genial."

Relling nickte. Allerdings war er schon der Meinung, dass der, der einen Code knackt, mindestens so genial sein musste wie sein Erfinder.

„Da muss man erst mal draufkommen", schloss die Kommissarin ihre Bewunderung ab.

Relling wertete *draufkommen* als *dahinterkommen* und bezog diesen Teil des Lobes auf sich.

„Und jetzt erklär' mir, wie du das herausgefunden hast", forderte sie.

‚Passt ja`, dachte sich Relling. „Die Plastikkarten mit den Strichen darauf haben mich sofort an etwas erinnert", antwortete er dann, „aber mir fiel nicht ein, an was. Jetzt weiß ich es wieder: an die Spuren, die ein Vogel hinterlässt, der über unberührten Schnee oder Sand geht. Wenn man das aus der Ferne betrachtet, sieht es genau so aus. Als hätte jemand ganz feine Striche eingeritzt. Immer wieder ist ein Stück frei, weil der Vogel manchmal ein oder zwei Meter fliegt, dann geht die Spur weiter, vielleicht nach rechts oder links versetzt. Du hast mich nur ganz ordentlich in die Irre geführt, mit deinem *Schiffe versenken*, Maria."

„Ich – dich in die Irre führen?", säuselte sie. „Das würde ich doch niemals schaffen!"

„Na ja", lächelte Relling, „eingefallen ist es mir jedenfalls wieder, als ich auf der Rückfahrt vom Flugplatz auf dem Mittelstreifen eine Krähe habe laufen sehen. Da war mir schlagartig klar, dass die Folien die *Krähenspur* sind."

„Ok, damit war klar, dass die Folien eine Art Schablone für einen Text sind. Aber wie bist du auf das richtige Buch gekommen?"

„Gerade als ich die Krähe gesehen habe, hast du lauthals den Hit der Turtles mitgesungen - immer wieder Elenore. Kurz davor hatte ich diesen prächtigen Band von Edgar Allen Poe in der Hand", wies er auf den Tisch. „Eines der bekanntesten Gedichte von ihm ist *The Raven*, also *Der Rabe*. Darin trauert der Erzähler um seine geliebte Lenore. Das kam mir wieder in Erinnerung, als ich dich singen hörte. In der Hand der Journalistin stand Krähenspur, Krähen und Raben sind gemeinsam eine Gattung der Rabenvögel. So fügte sich eines zum anderen - die Folien, die Krähe, Lenore, Edgar Allen Poe! Nur zu diesem Gedicht konnten die Schablonen passen. Nur so machte die Krähenspur einen Sinn", schloss Relling stolz seine Erklärung ab.

Gedankenverloren sah er den Gedichtband an. „Das hat sich unsere Claire gut ausgedacht, sie hätte keinen besseren Dichter wählen können", fügte er noch hinzu. „Edgar Allen Poe, der Meister der klassischen Horrorgeschichten - wie passend zum Satanismus!"

Sie sah ihn einen kurzen Moment schweigend an. „Gut", sagte die Kommissarin dann. „Das heißt, wir finden sehr wahrscheinlich alle Informationen, die die Journalistin hatte, auf diesen Plastikdingern. Richtig?"

Relling nickte kommentarlos.

„Das heißt, wir müssen schnellstmöglich alle davon finden", folgerte sie weiter.

Rellings Miene verfinsterte sich zunehmend.

„Das heißt, wir müssen sie dann in mühevoller Kleinarbeit auf unserem schönen Campingplatz entschlüsseln!"

Relling stand auf und zog ein bitteres Gesicht.

„Das heißt, wir haben jetzt erst einmal eine gemeinsame lange Nacht vor uns", stöhnte sie mit Blick auf das haufenweise Durcheinander.

Relling hielt sich verärgert beide Hände an den Bauch und grollte: „Das heißt vor allem, dass das Züricher Geschnetzelte mit der leckeren Sahnesoße für heute gegessen ist!"

5

Borsch schob den groben Jutesack, der vor dem Fenster hing, mit zwei gestreckten Fingern beiseite und sah hinaus auf den Hof.

Das Grundstück war für ihre Zwecke wie geschaffen. Im Südosten von Potsdam, unmittelbar an der Gemarkungsgrenze, gehörte es ganz knapp nicht mehr zu Berlin, war aber von hier aus bestens zu erreichen. Fast 3000 Quadratmeter groß, ringsum von einer hohen Mauer umgeben, lag es im hintersten Winkel dieses verkommenen Industrie- und Gewerbegebietes. Wer nicht wusste, wie er hierher gelangen konnte, hatte Schwierigkeiten, es zu finden.

Die meisten Gebäude auf den benachbarten Grundstücken lagen brach und verrotteten vor sich hin. Eine Fabrikhalle, deren sämtliche Fenster und Tore sowie Teile der Wellblechfassade wohl jemand hatte brauchen können, harrte wie ein Skelett dem endgültigen Zerfall entgegen; eine ehemalige Gärtnerei, die meisten Scheiben der Gewächshäuser zerbrochen; eine bankrotte Spedition, an die nur noch ein verwaschenes Firmenschild erinnerte; ein Bauunternehmen, dessen Kran im Hof verrostete.

Längst hatten Gräser und wilde Büsche Besitz genommen von den Dingen, die am Ende der Wirtschaftskraft einfach liegen geblieben waren.

Nur vereinzelt hatten Existenzgründer und alternative Jungunternehmer kleine Bereiche der Grundstücke und Gebäude übernommen und für ihre Bedürfnisse hergerichtet. So stach aus dem trostlosen Grau der bröckeligen Fassade des früheren Baugeschäfts an einem Teil des Erdgeschosses ein bunter Anstrich hervor, graffiti-ähnliche Schriften verrieten, dass hier jetzt eine Werkstatt für individuelle Design-Möbel entstanden war.

Die Straße durch das Gebiet war brüchig und mit Schlaglöchern übersät, über weite Passagen waren die noch zu DDR-Zeiten hergestellten Betonblöcke zu einem groben Kiesweg zerrieben.

Borschs Augenmerk richtete sich auf das blickdicht verkleidete Tor, das zwei seiner Anhänger gerade schlossen. Sie hatten sich bei den Ankommenden versichert, dass alle der Weisung gefolgt waren, ihre Fahrzeuge möglichst im ganzen Quartier verteilt abzustellen, damit nicht das viele bunte Blech vor dem Tor einen Hinweis auf eine Versammlung an diesem Ort lieferte.

Wer jetzt nicht hier war, kam auch nicht mehr hinein. Wer aber Einlass bekommen hatte, wusste das Passwort für den heutigen Abend, *Sonnenwende*, oder war in Begleitung eines Mannes, der es wusste. Hinaus kam nun allerdings vor Ende der Messe auch niemand mehr.

‚Es muss 21.00 Uhr sein`, dachte Borsch. Er hatte angeordnet, das Tor um diese Zeit zu schließen. Es war der 21. Juni, Sommersonnenwende, der längste Tag im Jahr. In einer halben bis dreiviertel Stunde würde er das Fest in die Dämmerung hinein beginnen und dann diese Nacht gebührend feiern.

Er beobachtete, wie einige seiner Anhänger in Gruppen beieinanderstanden und redeten. Die Männer hatten bereits braune Kutten angelegt. Nur er durfte eine schwarze tragen, er war der Hohepriester. Die meisten hatten die Kapuze über den Kopf gezogen, einige trugen Augenmasken, manche dunkle Stoffmasken über dem ganzen Gesicht, die nur die Augen und den Mund frei ließen. Die Frauen hatten schwarze Umhänge, die fast bis an die Knöchel reichten. Sie waren vorne offen, nur vor der Brust mit einer Kordel zusammengebunden. Hie und da machte er Kinder aus, die sich, ebenfalls mit Kutten und Umhängen bekleidet, an die Erwachsenen drängten.

Die beiden Torwächter gingen nun durch die Reihen und verteilten die Logentracht an die Wenigen, die noch nie dabei und darum in Straßenbekleidung waren. Auf diesen Kutten war in Brusthöhe ein schwarzer Kreis aufgemalt.

‚Ihr wisst nicht, was heute Nacht alles auf euch zukommt`, lächelte Borsch und ließ den Vorhang los.

Es war ein Prinzip der Loge, die meisten Mitglieder immer im Unklaren darüber zu lassen, was sie erwartete. Nur er wusste immer alles. Der Zirkel wurde streng von oben geführt, Zuwiderhandlungen eisern bestraft. Direkt unter ihm standen sechs Priester; Männer, die sich entweder aufgrund ihrer beruflichen oder finanziellen Situation seit Jahren um die Loge verdient gemacht hatten, oder im Laufe der Zeit alle Prüfungen bestanden hatten, also alle ihnen übertragenen Aufgaben zur vollsten Zufriedenheit erledigt hatten und darum aufgestiegen waren. Schwarze Satanskreuze im Brustbereich ihrer Kutten demonstrierten ihren Rang.

Über ihm gab es in Deutschland niemanden, die Logen in anderen Ländern hatten die gleiche Hierarchie. Ob er den höchsten Priester aus den USA, wo die Loge ihre Wurzeln hatte, als eine Art Vorgesetzten empfand, war sich Borsch nicht sicher. Ab und an kam der als Gast zu einer Messe, schien aber immer zufrieden und flog auch meist am nächsten

Tag wieder zurück. Selbstverständlich erwies er ihm Ehre und Respekt. So würde es auch in gut einer Woche wieder sein, denn er hatte sich zur Feier am 1. Juli angemeldet.

‚Wenn ich bis dahin die Blätter der Teufelsbibel vollständig und damit alles Wissen der dunklen Materie habe`, dachte sich Borsch, während er auf eine Zimmertür zuging, ‚werden wir sehen, wie sich die Machtverhältnisse verteilen.`

Er streifte seine schwarzen Handschuhe über, zog sich die Halbmaske, die er um den Hals hängen hatte, vor das Gesicht, fummelte das Gummiband am Hinterkopf in eine angenehme Position. Die Maske reichte von der Stirn bis zur Oberlippe und stellte einen weißen Ziegenkopf dar. Nur er durfte dieses Motiv verwenden. War der Ziegenbock doch von den Christen zum Symbol für den Sünder gemacht worden, den man als Sündenbock in die Wüste und damit in das Verderben schickt; gerade Recht also für den Herrscher der Hölle, den Herrn der Welt, der sich in dieser Gestalt am liebsten zeigte!

Borsch zog die Kapuze hoch, öffnete die Tür einen Spalt und sah in den Nachbarraum.

In dem sonst leeren, fensterlosen Zimmer lag ein etwa zehn Jahre altes Mädchen nackt auf einem Feldbett, angestrahlt vom grellen Licht einer Glühbirne, die von der Decke hing. Zwei Männer in ihren braunen Kutten saßen auf Klappstühlen daneben. Es waren zwei seiner Priester, ein Arzt und ein Apotheker.

Der eine stützte ihren Kopf etwas nach oben und hielt ihr einen Becher mit einer Flüssigkeit an den Mund, der andere zurrte gerade die Manschette eines Blutdruck-Messgerätes an ihrem Oberarm fest und begann, sie aufzupumpen. Das Kind wirkte kraftlos und apathisch, schien die Männer und ihr Tun gar nicht wahrzunehmen; seine Augen starrten ausdruckslos an die Wand.

Der, der den Becher hielt, sah auf, erkannte den Hohepriester. „Wir sind bereit", kam dumpf seine Stimme aus der schwarzen Gesichtsmaske.

Der Hohepriester nickte nur und zog die Tür wieder zu. Die Vorfreude auf das, was er nachher machen würde, bereitete ihm ein wohliges Gefühl. Nun schritt er zu der anderen Tür, auf der noch das verblasste Schild mit der Aufschrift *Werkstatt* zu erkennen war.

Dahinter empfing ihn ein Saal, der im Licht hunderter schwarzer und roter Kerzen zu brennen schien. Dass dies früher eine KFZ-Werkstatt mit Lackiererei war, konnte man nur noch an dem Deckenkran erkennen, dessen Haken an zwei dicken Stahlketten herabhing. Daneben pendelte an einem Kabel noch das Steuergerät für die Bedienung des Krans.

Ja, seine Leute hatten nicht nur in den ehemaligen Büro- und Sozialräumen ganze Arbeit geleistet. Die Wände der früheren Werkhalle waren über die halbe Höhe hinaus lückenlos mit schwarzen Stoffbahnen bespannt, vielfach hatten sie rituelle Symbole aufgenäht: auf dem Kopf stehende Kreuze, drei Dreiecke als Zeichen der Dreieinigkeit des Bösen, einen Federkiel in einem dicken schwarzen Ring als Zeichen des mit Satan geschlossenen Vertrages.

Die Glasscheiben der Lichtbänder unterhalb der Decke waren mit dunkler Farbe lackiert, kein Licht drang mehr hinein, sehr wahrscheinlich auch keines von innen nach außen.

Der Boden war mit einer Schicht Betonestrich geebnet worden. In der Mitte des Raumes war ein Kreis von etwa fünf Metern Durchmesser aufgemalt, darin ein Pentagramm.

Die unterschiedlich hohen Kerzen waren überall verteilt, teilweise standen sie auf dem Boden, manche in Ständern, nur das Rund in der Mitte war frei. Hier stand über dem Pentagramm ein Tisch aus dicken Stahlrohren, mit einer Platte aus Granit - der Altar. Auf allen Tischseiten waren an den Rohren sowohl dicke Lederriemen, die mit ihren genieteten Ösen an breite Gürtel erinnerten, als auch Stahlketten mit Fuß- und Handschellen, festgemacht.

Darüber hing ein Kreuz aus großen Knochen von der Decke, mit dem oberen Ende nach unten.

Im rechten Winkel dazu stand ein weiterer Tisch, auf dem verschiedene Messer lagen, ein Totenschädel, ein aufgeschlagenes Buch; ein Kruzifix stand mit dem kurzen Ende nach unten in einer Halterung, eine gläserne Karaffe mit Tierblut sowie ein goldener Kelch daneben.

Auf der anderen Seite des Altartisches waren zwei spitze Stahllanzen, jede massiv und etwa zwei Meter lang, so in den Boden eingelassen, dass sie sich im oberen Drittel kreuzten. Einige Stahlringe und Haken waren an ihnen angeschweißt.

Borsch sah hinüber, wo zwischen zwei Bahnen der Wandbespannung ein schmaler Spalt schimmerte. Dahinter lag die in das Tor der Werkstatt eingelassene Tür, davor stand einer seiner engsten Vertrauten, einer der beiden Schergen.

Stumm sah der Hüne zu ihm herüber, wartete mit vor der Brust verschränkten Armen auf sein Zeichen.

Borsch drehte sich um und sah hinauf zu der schmalen Galerie, die einen Teil der Büroräume überspannte und früher als Lagerfläche genutzt wurde. Sie war über eine Stahltreppe von dem rückliegenden Hauptraum aus begehbar.

‚Eigentlich nicht schlecht`, dachte er. Bei Gelegenheit wollte er sich Gedanken darüber machen, die Galerie in die Messe einzubeziehen. Dann hob er kurz die Hand in Richtung des Hünen. Die Feier sollte beginnen.

Der nickte und verschwand durch den Spalt der Wandbespannung. Er würde jetzt die Tür öffnen, die Wartenden im Hof sich zu zwei Reihen formieren.

Borsch ging zurück in den Hauptraum und hörte, wie seine Anhänger auf dem Weg in die Halle ein Gemurmel aus immer den gleichen Worten anstimmten, das ständig lauter wurde. „Gelobt sei Satan, Herr der Hölle, Schöpfer der Welt!"

Borsch ging in Gedanken den Ablauf der kommenden Stunden durch. Seine Freude auf das Mädchen, das im Nebenraum von dem Arzt und dem Apotheker so lange betreut werden würde, bis er nach ihr verlangte, konnte er kaum unterdrücken.

Ein klägliches Miauen aus der Ecke des Zimmers unterbrach seine Lüsternheit. Die Katze in dem engen Transportkäfig presste ängstlich ihr Gesicht gegen das Gitter. Ihr Fell war zerzaust und verschmutzt, sie war seit Tagen in der engen Box eingesperrt und hatte nur etwas Wasser bekommen. Mit klagendem Ton bettelte sie, weil sie Borsch wahrgenommen hatte und sich Hilfe versprach.

Der ging die paar Schritte und trat hart gegen den Käfig. ‚Du hast es bald hinter dir`, lachte er heiser.

Da kamen seine beiden Schergen in den Raum. Zum Zeichen ihrer Stellung trug nun jeder ein umgekehrtes Kreuz aus Knochen an einer Kette um den Hals. „Alles ist bereit, Herr", sagte einer.

Der Hohepriester verschränkte die Arme vor der Brust

und versenkte die Hände in den Ärmeln der Kutte. Wortlos ging er an den beiden vorbei in die Halle.

Die Schergen folgten ihm unmittelbar.

Als der hintere die Tür zuzog, flackerten die Kerzen und warfen ein gespenstisch vibrierendes Licht an die schwarze Bespannung der Wände.

Der Chor der Versammelten verstummte. Sie hatten sich um den Kreis in der Raummitte geschart. Wie von einer unsichtbaren Kraft geteilt, öffnete sich die Leiberfront, um dem Hohepriester Durchgang zu verschaffen.

Der schritt in die Mitte des Kreises und blieb bei den Tischen stehen. Seine Schergen waren immer ein bis zwei Schritte hinter ihm.

Als seine Anhänger den Kreis wieder geschlossen hatten und vollständig verstummt waren, zog er langsam die Hände aus den Ärmeln und streckte die Arme ausgebreitet dem von der Decke hängenden Knochenkreuz entgegen. „Satan!", schrie er mit dunkler Stimme in die Stille.

Minutenlang lobpreiste er seinen Herrn mit ständig wechselnden Floskeln und Reimen, bis sein Gebet zu einem monotonen tranceähnlichen Gesang geworden war.

Viele der Anwesenden begannen, die Köpfe im gleichen Rhythmus auf und ab zu wiegen. Einige setzten die Bewegungen noch fort, als der Hohepriester schon verstummt war und wie erstarrt verharrte.

Nach ein paar Augenblicken senkte er langsam die Arme und nahm die Karaffe mit dem Tierblut vom Tisch. Bedächtig schenkte er den goldenen Kelch voll. Vorsichtig hob er ihn über den Kopf, dem Knochenkreuz entgegen.

Aus der Menge erklang ein Raunen. Murmelnd bat sie

den Schöpfer der Welt um Gewogenheit.

Schließlich nahm der Hohepriester den Kelch herunter und drehte sich um. „Neue sind zu uns gekommen", verkündete er, „unreine Christengeburten, die der Reinigung bedürfen. Tretet vor!"

Zögerlich lösten sich die vier Männer, die im Hof die Kutten mit dem schwarzen Kreis bekommen hatten, aus der Menge.

„Wenn ihr seiner Exzellenz Satan folgen wollt, dürft ihr in eurer unreinen Religion nicht mehr willkommen sein", sprach der Hohepriester bedrohlich leise. „Als ersten Schritt der Läuterung, dem mit der Zeit einige Prüfungen folgen werden, werdet ihr hiervon trinken." Er reichte dem ersten den Becher.

Der nahm ihn mit zittrigen Händen.

Der Hohepriester hob die Hand. „Wage nicht, es zu verschütten!"

Der Mann führte den Kelch zum Mund und nahm vorsichtig einen Schluck. Mit verzerrtem Gesicht würgte er ihn hinunter. Auf das Zeichen des Hohepriesters reichte er den Kelch weiter.

Als sein Nachbar sich verschluckte und hustend das Blut ausspuckte, packten ihn die Schergen. Während ihn der eine von hinten festhielt und ihm den Kopf zurückzog, drückte ihm der andere mit Daumen und Zeigefinger die Nase zu, dass er zum Atmen den Mund öffnen musste. Sofort schüttete er ihm die Flüssigkeit hinein, bis er würgend schluckte.

Nach dieser Demonstration bemühten sich die nächsten beiden, die Anforderung zu erfüllen.

„Kniet nieder!", befahl der Hohepriester danach. „Ab

jetzt werdet ihr Luzifer gehorchen und nur noch ihm dienen!"

Die Schergen reichten ihm den frisch aufgefüllten Kelch.

Der Hohepriester tauchte den Daumen in das Blut und malte jedem ein umgekehrtes Kreuz auf die Stirn und die Kehle. Dann gebot er ihnen, zurück in die Menge zu gehen und stellte sich wieder vor dem Tisch auf. Mit ausgebreiteten Armen sprach er die erste Zeile eines Gedichtes.

Immer mehr Anwesende fielen mit in den Text ein, bis schließlich die Halle von dem Grollen tiefer dunkler Laute erfüllt war.

Danach gebot er der Menge mit einem Handzeichen Ruhe. „Immer mehr stoßen zu uns, erkennen in der Gefolgschaft des Fürsten den wahren Glauben!", donnerte er in den Raum. „Doch manchmal sind auch Abtrünnige unter uns, Verräter!"

Unter den Zuhörern entstand entrüstetes Gemurmel.

„Kakerlaken, die unseren wahren Glauben verraten wollen an die weltlichen Ordnungsmächte!" Er sprach betont langsam und akzentuiert, ließ der stärker werdenden Empörung bewusst Platz.

„Uns verraten wollen an die Mächte eines stinkenden Jehova und seiner Vasallen, die den Kampf um die Wahrheit und Reinheit längst verloren haben!"

Eine Woge euphorischer Zustimmung brandete durch die Zuhörerschaft.

Er schwieg, bis alles verklungen war. „Wir werden dieses Ungeziefer bestrafen", sagte er dann leise, aber sehr eindringlich.

Während die Menge sich triumphierend freute, gab er

den Schergen ein Zeichen.

Daraufhin verschwanden die beiden durch die Tür zu den ehemaligen Büroräumen.

Kurz darauf kamen sie zurück und schleiften an Gliederketten einen blutüberströmten Mann hinter sich her. Er war nackt und versuchte immer wieder erfolglos, auf die Beine zu kommen. Sein Körper war mit Blutergüssen und Schnitten übersät, das Gesicht zu einer blutenden Masse verquollen.

Achtlos warfen die Schergen ihn dem Hohepriester vor die Füße.

„Dieser Haufen Dreck hier", rief der, „hat doch tatsächlich gemeint, zur Polizei laufen zu müssen!" Er versetzte dem hilflos vor ihm Liegenden einen Fußtritt.

Der Mann konnte nur noch mit einem schwachen, stummen Zucken reagieren.

„Zur Polizei laufen", grollte der Hohepriester weiter und lief dabei am Kreis entlang, „und von unserem Fest in der Walpurgisnacht erzählen! Plaudern, von dem Kind, das wir dem Herrn der Zeiten geopfert haben! Um die frei werdende Energie seiner Seele beim Übergang in das jenseitige Reich zu Ehren Satans nutzen zu können!"

Wieder trat er seinen Fuß in den Leib des Wehrlosen.

„Davon hat er berichtet. Aber ganz ohne Erfolg", lachte er jetzt. „Denn sie werden keine Spuren finden, dort, in dem Wald. Und wenn schon, ein paar Schuhabdrücke vielleicht. Und was der Verräter nicht wissen konnte", er legte eine gekünstelte Pause ein, „manch einer, der für den weltlichen Apparat arbeitet, gehört in Wahrheit zu uns!" Er strich mit dem ausgestreckten Arm über die Anwesenden. „Ist jetzt unter uns!"

In dem aufbrandenden Stimmenwirrwarr war deutlich ein Unterton von Erleichterung zu hören.

„Verstecken wollte er sich, verbergen vor der gerechten Rache des Fürsten! Doch wir haben den Abtrünnigen gefunden! So, wie wir jeden finden, der uns schaden will! Und was wollte diese Ausgeburt eigentlich erreichen?", fragte der Hohepriester, auf den Gequälten deutend. „Er wollte", rief er dann, „dass du", er wies wahllos auf einen in der Menge, „und du", sein Zeigefinger ging auf einen anderen, „oder du", er drehte sich um und wählte einen Dritten, „dass ihr im Gefängnis schmort, statt hier Luzifer dienen zu können, wie es eure Bestimmung ist!"

Wieder verschaffte sich lautstarke Aufgebrachtheit Luft.

„Dafür gebührt ihm die gerechte Strafe!", schrie der Hohepriester.

Die Zuhörer jubelten.

„Hängt ihn auf! So, wie wir unsere Abtrünnigen und Verräter bestrafen!" Er nickte seinen beiden Schergen zu.

Die packten das blutige Bündel und zogen es ein paar Meter weiter.

Ehrfürchtig machten die, die im Weg standen, Platz.

Die Schergen drehten die Arme des Mannes samt den Ketten auf den Rücken. Mit schnellen, sicheren Griffen verschnürten sie die Handgelenke damit.

Der eine streckte sich nach oben und zog die Schaltung für den Kran zu sich herunter. Er drückte auf einen Knopf, der Haken des Krans schwebte ihm entgegen. Als er auf Höhe seines Bauches war, ließ er die Bedienungseinheit los.

Zu zweit packten sie den Mann an den nach hinten

gerichteten Armen, zogen ihn hoch und hängten den Haken in die Ketten.

Der Mann schrie mit letzter Kraft auf.

Der Scherge hangelte sich das Bedienungsgerät heran und betätigte es. Surrend fuhr der Kranhaken hoch.

Der Mann wurde an den hinten gebundenen Armen nach oben gerissen. Sein Kopf peitschte vor Schmerz hin und her, während er immer höher fuhr. Einige Male strampelten die Beine noch ins Leere, dann zuckten sie nur noch leicht.

Als der Scherge den Kran in etwa vier Metern Höhe stoppte, baumelte der Körper schlaff und drehte sich langsam hin und her.

Für einen Moment herrschte bedrückende, atemlose Stille in der Halle.

„Jeder, der Verrat an uns begeht, wird so enden!", mahnte der Hohepriester und nahm dabei besonders die Neuen mit dem schwarzen Kreis auf der Kutte in den Blick. „Der Treulose stirbt in diesem Moment", deutete er in die Höhe, „niemals wird seine Seele Ruhe finden! Preiset Satan!"

Sofort erhob sich ein Gemurmel aus den paar Dutzend Kehlen.

Der Hohepriester ließ es einen Moment gewähren. „Dankbar!", schrie er das Gebrumm dann nieder. „Dankbar sollen wir sein! Und willig! Willig, zu dienen! Satan zu dienen, dem Schöpfer und Herrscher der Welt! Dankbar, dass wir ihm dienen dürfen! Dankbar, dass er uns gnädig ist! Dankbar, dass er uns auserwählt hat! Lasst uns willig und dankbar sein, dankbar für seine Gnade!"

Längst hatte die Menge wieder den Kreis geschlossen.

„Luzifer, wir huldigen dir!", begann der Hohepriester

eine neue Stafette der Lobpreisungen. Wieder begann er zuerst murmelnd, dann lauter werdend, zu bitten, zu ehren, zu würdigen, zu rühmen, achten, frönen, schwören.

Wieder versanken alle wie in Trance, wieder wiegten sie ihre Körper im Takt seiner Worte. Wieder hielten sie nicht inne, als er bereits geendet hatte.

Die eine oder andere Kerze brannte allmählich nieder und warf noch einen letzten kurzen Lichtschein auf den unter der Decke hängenden Körper, bevor sie mit einem letzten Flackern erstarb.

„Nicht allein die Worte sind es", schleuderte der Hohepriester über die schaukelnden Köpfe, „unsere Werke sind es, die den Herrn erfreuen, unser Tun, unsere Gaben!"

Bei vielen ging das Auf- und Abschaukeln des Oberkörpers in nickende Zustimmung über.

„Das, was wir ihm greifbar geben können, was er spüren kann - unsere Opfer!"

Seine Anhänger wogen sich um ihn wie ein Blatt im Wind.

„Weil ihr sicher wisst, dass euch das Opfer Kraft gibt, morgen, im Alltag, dass euch das Opfer für den Herrn stark macht, euch hilft, alles zu bewältigen, Macht zu erlangen!"

Er drehte den Kopf zu den Schergen. „Bringt das Mädchen und die Katze!"

Die beiden Gehilfen verschwanden wieder im rückwärtigen Bereich.

Der Hohepriester nutzte die Zeit, die Menge weiter auf das Bevorstehende einzustimmen. Mit erflehenden Formeln, die die Anhänger wiederholten, bat er erst um Annahme der Opfer, dann, immer lauter werdend, um Kraft für alle

Anwesenden und schuf so eine Atmosphäre entrückten Einklangs.

Noch während die Anrufungen den Raum erfüllten, kamen die Schergen zurück. Der voranging, hatte die Katze an der Haut im Genick gepackt und trug sie am ausgestreckten Arm vor sich her. Sie konnte seinem eisernen Griff nicht entweichen und zuckte ein paar Male hilflos mit den Beinen.

Ihm folgten der Arzt und der Apotheker. Das nackte Mädchen führten sie in ihrer Mitte. Der Blick des Kindes war leer, sein Gang wirkte mechanisch. Als sie auf Höhe des Altartisches angekommen waren, griff der Scherge hinter ihnen das Mädchen unter den Achseln und setzte es auf die Steinplatte.

Weder dabei, noch als er es daraufhin in eine liegende, ausgestreckte Position zog, änderte das Mädchen die Haltung des Kopfes oder die Richtung seines Blicks. Kein Laut kam über seine Lippen, keine eigenmächtige Bewegung aus seinen Gliedern.

Mit geübten Griffen befestigte der Scherge die Fesseln um die Hand- und Fußgelenke des Kindes.

Darauf ging er zu dem anderen, der noch immer die Katze hielt. Er packte das Tier an den Vorderbeinen und drückte es mit dem Rücken gegen die X-förmig gekreuzten Lanzen.

Hilflos versuchte die Katze mit den Hinterbeinen zu treten, ihr Fauchen und Wimmern ging im Singsang der Menge unter.

Der andere Scherge zog Lederbänder aus seiner Kutte und schnürte erst das eine Vorderbein der Katze an die eine Lanze, dann das andere an die zweite. Sofort packte der andere Scherge die Hinterbeine des Tieres, damit sie auf gleiche Art gebunden werden konnten.

Fast wie gekreuzigt hing die Katze da, schien zu erahnen, was nun folgen würde. Mit weit aufgerissenen Augen, leise wimmernd, hielt sie den Kopf gesenkt. Nur ihr Herz pochte unter dem hellgrauen Fell.

Genau dort setzte der Hohepriester die Spitze des Dolches an. „Luzifer, Herr, nimm dieses Opfer deiner Getreuen an!", rief er aus. Dann schob er die Klinge in das Herz des Tieres. So hielt er einen Moment inne, schließlich zog er das Messer wieder heraus.

Die Katze erzitterte noch kurz, dann hing sie schlaff in den Fesseln. Ihr Blut spritzte aus dem offenen Herzen, besprengte den Leib des Mädchens.

Der Hohepriester hielt den Kelch an die Wunde und fing Blut damit auf. Dann hob er ihn über den Kopf zu dem Knochenkreuz. „Satan, dir zu dienen leben wir, hilf uns, unsere Feinde zu vernichten!" Bedächtig nahm er den Kelch an den Mund und trank einen großen Schluck.

Kaum dass er ihn abgesetzt hatte, beugte er sich über das Kind. Er tauchte seine Finger in das Blut und zeichnete Symbole auf die Haut des Mädchens, ein umgekehrtes Kreuz auf ihre Stirn, ein Pentagramm und die drei verbunden Dreiecke auf die Brust, den Ring mit der Feder auf den Unterleib.

Er betrachtete sein Werk, stellte zufrieden den Kelch auf dem Materialientisch ab, schritt langsam zum Fußende des Altartisches, auf dem ausgestreckt das Mädchen lag und baute sich majestätisch vor dem liegenden Kind auf.

Hinter ihm reihten sich drei der Priester auf.

„Du bist uns gegeben, um Satan zu dienen!", rief er gierig. „Ab heute wirst du uns zu Willen sein!"

Damit stürzte er sich als Erster auf das wehrlose Kind.

6

Die Kommissarin balancierte das Tablett mit dem Züricher Sahnegeschnetzelten nebst Rösti, Champignons und einem großen Glas Cola zu einem freien Tisch des Campingplatz-Restaurants. Sie beugte sich etwas in die Knie, damit sie leichter die beiden großen Einkaufstüten gegen ein Tischbein lehnen und das Tablett auf der Platte abstellen konnte.

,Schmeckt gar nicht übel`, freute sie sich nach den ersten Bissen. ,Was das Kulinarische angeht, kann man sich auf Werner echt verlassen.`

Hatten sie gestern doch tatsächlich 25 dieser Plastikfolien aus dem wilden Durcheinander in Claires Wohnung gefischt. Erst gegen Mitternacht waren sie zurück zum Campingplatz gekommen und nach einem Glas Rotwein, das sich Werner einfach nicht hatte nehmen lassen, erschöpft in die Kojen gesunken.

Heute Morgen hatte er sofort nach dem Frühstück mit der Auswertung der codierten Informationen begonnen und beinahe hysterisch darauf bestanden, dies alleine zu machen. In die Stadt hatte er sie stattdessen geschickt, um einen Anzug und ein paar Hemden sowie ausreichend Wäsche für ihn zu besorgen. Als ob sie nicht in der Lage wäre, Striche auf einer Plastikkarte über Buchstaben zu legen!

Einen grauen Anzug hatte er geordert, oder einen blauen, zeitlos, schlicht. „Dezent eben. Und passende Hemden, irgendeine gedeckte Farbe, du weißt schon."

In den Tüten neben ihr waren zwei weiße Anzüge mit ebensolchen Hemden. Erstklassige Boutique-Ware, sommerlich leger geschnitten, extravaganter Stil. Von seinen ewigen dunklen Sachen hatte sie schon längst die Nase gestrichen voll. Und wenn man sie schon zum Einkaufen degradierte, wollte sie wenigstens besorgen, was ihr gefiel.

Verstohlen sah die Kommissarin hinüber zum VW-Bus.

Werner konnte sie nicht sehen, es saßen zu viele Leute vor ihr und die Entfernung war weit genug, um sich hinter den anderen Gästen zu verstecken. Außerdem sah er nicht ein Mal von seinen Papieren auf.

‚Aber ich bin ja gar nicht so nachtragend`, stellte die Kommissarin fest, als sie sich nach dem Essen genüsslich mit der Serviette die letzten Spritzer der Rahmsoße vom Mund wischte.

Sie nahm die Einkaufstaschen und ging zurück zur Essensausgabe. „Eine Curry-Wurst mit Brötchen", bestellte sie, „zum Mitnehmen."

Sehr zufrieden schlenderte sie zum Stellplatz.

Relling sah kurz auf, als er sie bemerkte. „Das ist alles sehr interessant, Maria!", deutete er auf die Unterlagen.

„Hier", streckte sie ihm das Päckchen mit der Curry-Wurst hin, „ich hab' dir was zum Essen mitgebracht."

„Danke", freute sich Relling und lehnte sich in den Stuhl. „Ich erklär' dir dann gleich alles", kündigte er an, während er das graue Papier aufschlug. Als er den Inhalt erkannte, entfuhr ihm allerdings ein enttäuschtes „oh!"

„Guten Appetit", lächelte die Kommissarin.

„Danke, danke", übertrieb der Pfarrer, das kleine Plastikgäbelchen mit den Fingerspitzen aus der Currysoße fischend. „Hast du einen passenden Anzug bekommen?"

„Ja, und ob, sogar zwei, vom Feinsten. Kannst du ja nachher gleich mal anprobieren", lächelte sie und stellte die beiden Tüten in den Camper. „Was hast du herausgefunden?"

„Eine ganze Menge", würgte Relling das letzte Rädchen der Curry-Wurst hinunter.

Die Kommissarin zog sich den zweiten Stuhl heran und ließ sich hineinfallen.

„Also", knäuelte der Pfarrer das Papier zusammen, „ich hatte zuerst noch eine kleine Nuss zu knacken! Anfangs dachte ich nämlich, jedes verschlüsselte Wort müsste innerhalb eines Gedichtverses abgeschlossen sein. Darum hatte ich gestern das Wort *mattia* in der einen und ein einzeln stehendes *s* in der nächsten Zeile, mit dem ich zunächst nichts anfangen konnte. Claire hat zwar versucht, immer mindestens ein Wort aus einem Vers zu bekommen - hatte aber eine Zeile zum Ende hin nicht mehr die notwendigen Buchstaben, ist sie eine tiefer gesprungen und hat den oder die fehlenden dort markiert. Dann ergibt sich für dieses Beispiel *Mattias Heim*, also das Heim, Haus des Matthias."

„Schön, schön!", lobte sie. „Welche Informationen haben wir nun also?"

„Die schlechte Nachricht vorweg: sie hat keine klaren Namen notiert. Orte auch nicht, mit zwei Ausnahmen allerdings, zu denen komme ich gleich. Sonst heißt es immer nur *Rechtsanwalt Cocidius, B. - Oberarzt Moritasgus, HH. - Staatssekretär Teutates, B. - Bankdirektor Esus, B.* und so weiter."

Mit Verachtung warf er den Papierknäuel in den Bus. „Ich nehme an, dass sie Autokennzeichen für die Herkunft der

Herrschaften benutzt hat. Demnach stammt, neben einigen Hamburgern, die Mehrzahl aus Berlin – was ja auch insofern schlüssig ist, dass sie *666 Berlin* in ihre Hand gekritzelt hat. Hier scheint also der Sitz der Loge zu sein."

„Warum sagtest du, keine klaren Namen? Hört sich doch alles recht klar an?"

„Ja, weil es auch tatsächlich alles Namen sind. Nur eben allesamt aus der Welt der Sagen und Mythen. Die meisten davon, auch die, die ich dir gerade genannt habe, sind Namen von Gottheiten und stammen aus der keltischen Mythologie. Moritasgus beispielsweise ist -wie passend für einen Oberarzt!- eine Heilgottheit, Esus ein Gott des Handels."

„Keltische Mythologie!", rief die Kommissarin. „Wer weiß denn so etwas schon!"

„Ich, zum Beispiel", lächelte der Pfarrer. „Ich kann mir sogar denken, warum sie gerne diese Namen gewählt haben. Die Kelten hatten nämlich ein recht ausgeprägtes Götterwesen, welches durch das Christentum immer mehr verdrängt wurde. Sie waren . . ."

„Keine Frauen?", unterbrach die Kommissarin.

Relling schüttelte den Kopf. „Kein einziger Hinweis auf eine Frau!"

„Und die beiden Ausnahmen?", wollte sie wissen.

„Die eine ist ein Apotheker D. aus Hannover. Hannover hat sie ausgeschrieben, den Namen des Apothekers aber abgekürzt. Keine Ahnung, warum. Vielleicht, weil er nicht aus Hamburg oder Berlin kommt. Ansonsten findet sich jedenfalls keine weitere Notiz zu ihm."

Der Pfarrer blätterte in seinen Aufschrieben. „Anders

aber bei der zweiten Ausnahme, bei unserem Antiquitätenhändler Hansen aus Trier. Bei ihm stehen Name und Wohnort vollständig – und er findet als Einziger auf drei Folien Erwähnung: ein Mal in der normalen Mitgliederliste, wenn man das so nennen will. Dann auf dem Plastik, das ich gestern in der Wohnung schon entschlüsselt habe und, zum Dritten, nochmals gesondert, aber mit fast dem gleichen rätselhaften Wortlaut, nämlich *Tod erwarten bei Matthias.*"

„Was meint sie damit?" Die Kommissarin konnte ihre Neugierde nicht verbergen.

„Ich bin mir noch nicht ganz sicher, will nachher nochmals dazu recherchieren", vertröstete Relling sie in diesem Punkt. „Aber", fuhr er fort, „was wir vermutet haben, hat sich jedenfalls bewahrheitet. Diese Herren bilden tatsächlich eine satanische Loge, dies hat sie mehrfach bestätigt. Und damit wird es nun heftig!", kündigte er an.

„Weil?", war die Kommissarin gespannt.

„Erst noch kurz, was sonst in den Folien war: ein paar Bezüge auf den Codex Gigas, die Teufelsbibel. Offensichtlich war sie auf der Suche nach den fehlenden Blättern, vermutlich hat so alles angefangen und sie ist im Zuge dieser Nachforschungen auf die Satanisten gestoßen."

Relling blätterte wieder in seinen Aufzeichnungen. „Ach ja", sagte er, „das hab' ich gesucht. Ein Punkt, den sie wohl noch klären wollte, war, ob die Loge in Berlin zu einer größeren Organisation, einem Orden aus Amerika vielleicht, gehört."

„Ok", nickte die Kommissarin. „Und das Heftige?"

Relling lehnte sich zurück und sah sie ernst an. „Sie hat ein Blatt angelegt, das heißt *Straftaten an BKA.*

Wahrscheinlich die Hauptinformationen, die sie diesem Koschmann geben wollte. Im Einzelnen hat sie aufgeführt: *Überfall Hamburg, Entführung Hamburg, Vergewaltigungen Berlin, Folter Berlin, Menschenopfer Berlin, Misshandlungen Berlin*. Bei den vier letzten Taten, die in Berlin, hat sie jeweils *Schwarze Messe* hinzugefügt."

„Keine Namen oder verwertbare Hinweise?"

„Leider nicht. Hatte sie wohl im Kopf oder dachte, das BKA wird die Zusammenhänge herstellen können."

„Shit", zischte die Kommissarin wieder einmal.

„Nicht ganz", lächelte Relling. „Sie hat nämlich noch ein Blatt gefertigt, eine Art Terminplan. Da sind die Daten drauf, sieh her." Er beugte sich vor, wühlte in seinem Stapel und zog ein Blatt heraus.

Gierig griff die Kommissarin danach. „30. April, Walpurgisnacht, Menschenopfer", begann sie leise vorzulesen. „30. Mai, Fronleichnam, Tieropfer. 21. Juni, Sommersonnenwende, Vergewaltigung."

Sie hielt inne. „Sch . . ." Die Kommissarin brachte diesmal das Wort nicht zu Ende. „Das war vor drei Tagen!" Entsetzt sah sie Relling an.

Der nickte nur, mit einem traurigen Blick.

„1. Juli", las sie den Rest der Notiz, „Satans Festnacht, Vergewaltigung, Menschenopfer." Betroffen lehnte sie sich schweigend zurück.

„Es liest sich wie das Drehbuch zu einem Horrorfilm", sagte Relling kraftlos.

Die Kommissarin schüttelte sich sekundenlang wie ein nasser Hund. Dann sprang sie aus dem Stuhl und ballte die Fäuste. „Ok!", rief sie. „Sonst noch eine Information in den

Karten?"

„Alles Wichtige bin ich mit dieser Zusammenfassung losgeworden", verneinte Relling.

„Gut", nickte sie, „was haben wir also?" Es war nicht wirklich als Frage an den Pfarrer gedacht. „Wir haben sehr wahrscheinlich Straftaten im April und Mai, die Vergangenheit sind – und wir haben eine vor drei Tagen, für die wir auch zu spät dran sind. Aber wir haben auch eine am 1. Juli. Und die liegt in der Zukunft, ist erst geplant. Die können wir verhindern, da können wir die Bande packen!"

„Sofern es sich nicht um Termine des letzten Jahres handelt, sondern um welche des laufenden Jahres 2013", stoppte der Pfarrer ihren Elan.

„Was?", bellte sie. „Wie meinst du das?"

„Unsere Journalistin hat keine Jahreszahl zu ihrem Terminplan geschrieben. Könnte ja sein, dass sie Verbrechen eines vergangenen Jahres notiert hat", konstruierte Relling.

„Ach so meinst du", begriff sie betrübt.

„Aber wir können das ganz schnell checken", säte Relling Hoffnung. Umständlich stocherte er in der Hosentasche nach seinem Handy. „So, schauen wir mal", murmelte er, mit dem Zeigefinger über das Display wischend.

‚Ich bin wohl nicht die Einzige, die aufgerüstet hat`, lächelte die Kommissarin in sich hinein.

„Der Termin für Fronleichnam ist nämlich von Jahr zu Jahr anders", dachte Relling laut nach. „Geht das hier überhaupt?", sah er skeptisch auf sein Handy. „Ja, drin", freute er sich. „Die Werbung des Campingplatzes mit dem freien Netz-Zugang ist also nicht übertrieben!"

Die Kommissarin hüpfte ungeduldig vom einen Bein auf

das andere.

„So, es ist ganz einfach", vertiefte sich Relling in den kleinen Bildschirm. „Das Konzil von Nizäa hat nämlich 325 nach der Geburt des Herrn festgelegt, dass der Ostersonntag immer der erste Sonntag nach dem Frühlingsvollmond ist. Man ermittelt also zunächst die Tagundnachtgleiche des Frühjahrs, das eine der beiden sogenannten Äquinoktien. Wenn danach der Mond in Opposition zur Sonne steht, also Vollmond ist, ist der nächstfolgende Sonntag der Ostersonntag. Meines Wissens hat man das deshalb so gemacht, weil es in dieser Konstellation nicht passieren kann, dass in den Ostertagen eine Sonnenfinsternis entsteht. Das wäre ja auch ein Horrorfilm – eine Sonnenfinsternis am Karfreitag! Der Mathematiker Gauß hat sogar eine Formel dafür entwickelt, die *Gaußsche Osterformel*. Fronleichnam ist dann genau 60 Tage nach dem Ostersonntag", dozierte Relling, während er mit schnellen Fingern auf dem Handy herumtippte.

„Werner?"

Relling sah auf.

„Gib doch einfach *Fronleichnam 2013* und *Termin* ein!"

„So einfach, meinst du?"

„Ja!"

„Na gut." Wieder tippte er kurz. „Tatsächlich!", rief er dann. „Es geht auch einfach."

„Und?"

„Ja, Fronleichnam war am 30. Mai. Die Daten beziehen sich auf das laufende Jahr."

„Dann haben wir eine Chance, die geplante Bluttat am 1. Juli zu verhindern", jubelte die Kommissarin. „Was haben wir an Fakten?", wollte sie zusammenfassen. „Wir wissen, dass sie das Verbrechen sehr wahrscheinlich in Berlin verüben werden. Und wir wissen, wann. Aber nicht, wo genau. Und auch nicht wirklich, wer. Etwas dürftig", schloss sie resigniert.

Relling bearbeitete wieder das Handy.

„Nicht einmal das BKA mit allen Berliner Kollegen zusammen kann diese Riesenstadt nach infrage kommenden Orten absuchen", wog sie ab. „Und das Umland kommt noch dazu!"

„Aha", machte Relling über seinem Handy.

„Ich werde jedenfalls sofort alles, was wir wissen, an Berger und Koschmann weitergeben", beschloss die Kommissarin. „Rechtsanwälte und Bankdirektoren wird es einige geben, alle zu überwachen wird kaum gehen. Aber bei den Oberärzten und dem Herrn Staatssekretär wird die Auswahl kleiner sein. Wenn sie ein paar davon überwachen, ist vielleicht der Richtige dabei und er führt uns zum Tatort", folgerte sie. „Das ist wohl die einzige Chance!"

„Nicht ganz", widersprach Relling. „Zwar eine gute Möglichkeit, die man keinesfalls versäumen sollte, aber nicht die einzige Chance."

„Weil?"

„Ich habe gerade ein bisschen nachgelesen", lächelte Relling. Die deutliche Erwähnung von diesem Hansen und Trier ließ mir keine Ruhe. Und besonders nicht das mit *heim* und *Tod erwarten bei Matthias*. Über den Matthias im Zusammenhang mit Trier bin ich gleich gestolpert, aber ich war mir nicht sicher. Jetzt schon!", freute sich Relling.

„Mach es nicht so spannend, Werner!"

„Sehr wahrscheinlich war es Kaiserin Helena, die Mutter von Kaiser Konstantin I., die die Gebeine des Apostels

Matthias nach Trier hat überführen lassen. Jedenfalls fand man diese dort im 12. Jahrhundert bei Bauarbeiten, seither werden sie in der Benediktinerabtei St. Matthias in Trier verehrt", schloss Relling seinen kurzen Vortrag.

„Das könnte also bedeuten", folgerte die Kommissarin schnell, „Hansen erwartet dort den Tod, oder er versteckt dort jemanden, den der Tod erwartet, oder irgendetwas in der Richtung."

„Richtig", bestätigte Relling knapp. „Vielleicht hatte Claire sogar Kontakt zu diesem Hansen, eventuell war er ihr Schlüssel für die weiteren Ermittlungen. Jedenfalls würde es sich mit hoher Wahrscheinlichkeit lohnen, dort einmal vorbeizuschauen."

„Wir fahren!", befahl sie.

Während Relling seine Papiere sammelte, mit wehmütigen Blicken über den See und einem tiefen Seufzer zum Restaurant hin die Stühle und den Tisch im Bus verstaute, hörte er die Kommissarin mit Berger telefonieren.

„Gebt mir gleich Bescheid, wenn ihr ihn habt!", beendete sie das Gespräch.

„Geh' du schon mal abmelden und bezahlen", schlug Relling der Kommissarin vor. „Nachdem wir jetzt nach Trier fahren statt an den Comer See, werfe ich lieber noch einen Blick auf die Landkarte. Ich hole dich gleich an der Rezeption ab."

Die Kommissarin nahm ihre Tasche und setzte sich kommentarlos in Bewegung.

„Was meinst du, wann sind wir dort?", fragte sie, nachdem sie zu Relling in den Wagen gestiegen war, auf den sie zuvor an der Schranke gewartet hatte.

„Vor heute Abend auf keinen Fall", antwortete der. „Wir fahren von hier nach Basel, dann die Rheintalautobahn hoch über Freiburg bis Strasbourg, ein Stückchen durch das Elsass und die nördlichen Vogesen, dann über Saarbrücken nach Trier. Fünf Stunden werden wir schon brauchen. Aber die Strecke ist interessant, voll von historischen Ereignissen."

Die Kommissarin hatte nicht immer Lust auf die teilweise weit ausholenden Erzählungen des Pfarrers, aber auf der langen Fahrt, dachte sie sich, ist es wie Radio hören. Und manchmal sind ja wirklich interessante Sachen dabei. Dass Relling ihre Reiseroute als *Fahrt auf der Straße der Revolution* bezeichnet hatte, ließ jedenfalls eine gespannte Erwartungshaltung in ihr aufsteigen.

Tatsächlich wusste der Pfarrer fast zu jeder Station ihrer Reise etwas zu berichten.

Bereits auf etwa halbem Weg zwischen Zürich und Basel fiel ihm zur Stadt Aarau ein, dass sich dieses heute eher beschaulich wirkende Städtchen 1798, gleich nach dem Beginn der französischen Revolution, überwiegend dem revolutionären Gedankengut anschloss und es mehrere Aufstände mit anarchischen Zuständen gab. Sogar eine *Helvetische Republik* riefen die Aufrührer aus, mit Aarau als Hauptadt. Damit war sie die erste Hauptstadt des ersten Schweizer Staates, geboren aus der Revolution.

Nachdem sie die Grenze nach Deutschland passiert hatten, erinnerte er sich, dass hier im Großraum Lörrach, auf dem Scheideck-Pass beim Städtchen Kandern, 1848 der Hecker-Zug im Feuer der Truppen des Deutschen Bundes endete. Friedrich Hecker propagierte in Mannheim die Revolution, nahm am Frankfurter Vorparlament teil, scheiterte aber mit seinen radikalen Ansichten und begab sich über das Elsass nach Konstanz. Dort versammelte er etwa 30 Gesinnungsgenossen um sich, um in einem Zug der Freischärler, dem sich unterwegs möglichst viele anschließen sollten, gegen die Regierungsresidenz in Karlsruhe zu ziehen. Zwar stieg die Zahl seiner Mitkämpfer auf etwa 800 Mann, bei Donaueschingen jedoch lagen bereits württembergische Truppen und drängten ihn nach Süden ab, wo in der Folge bald die Niederlage auf der Scheideck folgen sollte. Hecker floh zunächst in die Schweiz und wanderte dann nach Amerika aus. Dort machte er sich für die republikanische Partei stark, kämpfte im Bürgerkrieg auf Seiten der Nordstaaten gegen den reaktionären, sklavenhaltenden Süden. In Deutschland vielen ein Unbekannter, haben sie ihm in St. Louis und Cincinnatti sogar Denkmäler für seinen Kampf um Freiheit gesetzt.

Natürlich wollte Relling nicht über die badische Revolution dieser Zeit sprechen, ohne auf die Stadt Freiburg zu kommen. Ohnehin nicht, wenn er gerade daran vorbeifuhr.

Dabei war aber für ihn weniger interessant, dass sich auch hier eine Menge an radikal-demokratischen Anhängern formierte, oder dass sich an der Universität freiheitliche Ideen entwickelten; auch nicht, dass die Stadt von Regierungstruppen eingeschlossen war und diese schließlich an *Blut-Ostern* 1848 ein Massaker unter den unzureichend bewaffneten Freiheitskämpfern anrichteten. Sondern vielmehr die Tatsache, dass es einen geheimen Bund von Frauen gab, die es sich zum Ziel gemacht hatten, die Soldaten der badischen Regierungstruppen von ihrer Treue zur Obrigkeit abzubringen und sich den Aufständischen anzuschließen. Wie sie das genau gemacht haben – keine Ahnung, da wollte Relling schon lange einmal genauer nachlesen. Nur, dass es darüber nicht sehr viel zu finden gab. Mit einem lächelnden Seitenblick auf die Kommissarin betonte er aber besonders, wie die Freiburgerinnen - die badischen Frauen überhaupt - nicht nur im Verborgenen wirkten, sondern eigene Gruppen bildeten und an der Seite ihrer Männer auf den Barrikaden gegen die Regierungstreuen kämpften. Viele wurden nach der Niederschlagung der Revolution ins Gefängnis gesteckt oder mussten auswandern. Auch wenn ihnen danach meist nur die literarische Verarbeitung ihrer Erlebnisse und Ansichten blieb – sie hatten es geschafft, die Frau zu politisieren und waren damit, so Relling, die frühen Aktivistinnen der Frauenbewegung.

Die Kommissarin überlegte angestrengt, ob er ihr mit dieser Information eine persönliche Botschaft übermitteln wollte und suchte nach dem Stachel darin.

Als sie dann von ihm hörte, dass ohne das unerschrockene Handeln der Damaligen wahrscheinlich heute keine Frauen in dem Parlament da drüben, sie waren auf Höhe Strasbourg und lasen die Wegweiser zum Europäischen Parlament, säßen, gab sie das Nachdenken auf und war überzeugt, es handle sich nur um reine Fakten.

Wie er aber daraufhin erzählte, dass eine der in Strasbourg geborenen Persönlichkeiten Madame Tussaud sei, richtig - die mit dem Wachsfigurenkabinett, sie noch im Alter von 81 Jahren ein Abbild von sich geschaffen habe, dessen Nase eine große Ähnlichkeit mit der ihren aufweise und übrigens mit Vornamen Marie hieße, war sie doch wieder sehr verunsichert. Darum hörte sie gar nicht bewusst, dass jene Tussaud schon 1761 geboren worden war und während der französischen Revolution sogar die Wachsköpfe der Adligen, die sie gefertigt hatte, auf Lanzen gesteckt und durch die Straßen getragen wurden.

Nachdem sie Saarbrücken gerade hinter sich gelassen und noch etwa 80 Kilometer bis Trier vor sich hatten, wurde Relling schier euphorisch, weil er es so ungemein passend fand, dass die Krönung dieser Fahrt durch die Revolutionsgeschichte, wie er sagte, zum Schluss kam.

In Trier geboren, der eine, große, berühmte Revolutionär, den jeder kannte – Karl Marx. Hier ganz in der Nähe aber, in Ommersheim geboren, ein anderer, stiller, mutiger Aufrührer, kaum einem bekannt – Heribert Abel. Im Frühjahr 1941 als Pater der Steyler Mission zum Priester geweiht, noch im gleichen Jahr an die Front eingezogen, wurde er im Sommer 1943 wegen Wehrkraftzersetzung verhaftet. Damit war seine entschieden ablehnende Haltung gegen das Nazi-Regime und den Krieg gemeint. Daraufhin wurde er an die Ostfront in eine Bewährungseinheit überstellt. Dies bedeutete in der damaligen offiziellen Sprachregelung, der Verurteilte konnte durch besonderen persönlichen Einsatz seine Ehre als Soldat wiederherstellen. Damit allerdings waren Einsätze gemeint, für die man keine regulären Truppen heranzog, weil die Überlebenschance kaum über Null war. So starb der Pater Heribert Abel im Januar 1944 in Weißrussland. Nahezu unbekannt, doch nicht minder groß, fand Relling.

„Wenigstens in das *Martyrologium Germanicum* wurde er aufgenommen", tröstete er sich.

„Wohin?", stutzte die Kommissarin.

„In das *Deutsche Martyrologium*. Das ist ein Verzeichnis von über 900 Menschen, die im 20. Jahrhundert in Deutschland für ihren christlichen Glauben das Leben gelassen haben", erklärte Relling stolz.

„Ein Liste von Märtyrern!", rief sie entsetzt. „So etwas gibt es bei euch? Ich dachte immer, das hätten nur die Muslime!"

„Keineswegs", widersprach Relling. „Die tönen nur lauter. Nein, ganz im Ernst: Papst Johannes Paul II. kam 1994 auf die Idee, dass so etwas fehlt. Es ist mittlerweile ein zweibändiges Werk mit über 1500 Seiten daraus geworden, du kannst es in jeder Buchhandlung bestellen. Ein Bereich darin nennt sich *Reinheitsmartyrium*. Dort sind, wenn ich es richtig in Erinnerung habe, so um die hundert weibliche Jugendliche, Ordensschwestern und Frauen aufgeführt, die für ihre christliche Überzeugung gestorben sind. Womit wir wieder bei den Frauen wären . . .", lächelte Relling sie an.

Gerade wollte sie etwas entgegnen, da ertönte *I can get no Satisfaction* in ihrer Tasche. Die Kommissarin stöberte das Handy hervor. „Koschmann!", rief sie hinein. „Ich höre!"

Ein paar „aha" und zwei lang gezogene „shit" verrieten Relling, dass der Anrufer nicht viel Erbauliches zu berichten wusste.

„Nicht zu fassen", ärgerte sich die Kommissarin und warf das Handy in die Tasche zurück, „dieser Hansen ist wie vom Erdboden verschluckt! Sie haben seine Wohnung und den Laden auf den Kopf gestellt - nichts. Nur viel Staub liegt wohl überall drauf, offensichtlich ist er schon länger weg. Verwandte hat er keine, die Nachbarn wissen nichts, das Telefon ist abgemeldet, Geld hat er seit Längerem auch nicht abgehoben. Alles wirkt, als hätte er aufgehört, zu existieren!"

Relling betätigte den Blinker und lenkte den Bus in die

Ausfahrt. „Ich glaube zu wissen, wo er ist."

„Hier im nächsten Dorf etwa? Wie kommst du denn darauf?", stutzte sie.

„Nein, bestimmt nicht hier. Eher bei Matthias", lächelte der Pfarrer.

„Hast du nicht gesagt, das sei eine Abtei?"

„Genau", bestätigte er, „eine der Benediktiner."

„Was, zum Teufel, macht ein Satanist bei den Benediktinern - in einer Abtei?", argwöhnte die Kommissarin.

„Nettes Wortspiel, Maria", lachte Relling, „das mit dem Teufel und dem Satanist. Bald wissen wir es, hoffentlich!"

„Und was, zur Hölle, machen wir hier - auf dieser Landstraße?"

„Wir sind ein paar Kilometer vor Trier, es ist Abend. In einer Abtei ist um diese Zeit bereits Abendruhe, da erreichen wir heute nichts mehr. Aber im nächsten Gasthof bekommen wir bestimmt noch etwas zu Essen!"

Die Kommissarin verdrehte die Augen.

„Nachdem es mit dem Züricher Geschnetzelten nicht geklappt hat, wird mir jetzt die *Gebackenen Rotaugen* keiner mehr nehmen!", kündigte Relling an.

„Was für Augen?"

„Rotaugen", erklärte Relling. „Moselfische, in heißem Fett ausgebacken. Dazu mag ich am liebsten grüne Bohnen und Grumberschnietscher", lachte er. „Auf deutsch auch Kartoffelpuffer genannt."

„Also wenn das mit dem Geschnetzelten so hart für dich ist, koche ich es irgendwann für dich", bot die Kommissarin reumütig an.

Relling erinnerte sich, wie sie schon einmal für ihn

gekocht hatte. Ein leichtes Schütteln durchfuhr ihn. Damals hatte sie ihm eine Freude machen wollen und ein besonderes polnisches Rezept herausgesucht - Borschtsch, eigentlich eine Suppe mit Roter Beete als Hauptbestandteil. Statt aber neben anderen Zutaten auch frisches Weißkraut anzudünsten, hatte sie fertig gegartes Sauerkraut aus einer Dose beigemengt, was das Ganze zu einer breiig roten Masse hatte werden lassen. Sein eher an die Köstlichkeiten feiner Küche gewohnter Magen hatte tagelang zu kämpfen.

„Mach dir nur keinen Stress, Maria", sagte er gütig und freute sich über den Landgasthof, der vor ihm auftauchte. Zielgerichtet steuerte er den VW-Bus auf den Parkplatz und war schon hinausgesprungen, kaum dass der Wagen stand.

„Jetzt eilt es aber schon sehr", murrte die Kommissarin beim Versuch, ihm in das Restaurant zu folgen.

Dass er hier richtig war, hatte Relling dem Restaurant gleich angesehen; aber dass er derart auf seine Kosten kommen würde, hatte er nicht zu hoffen gewagt. Er aß zuerst eine *Graupensuppe*, dann als erstes Hauptgericht *Zander mit Gemüsejulienne im Weißweinsud* und als zweites *Gebackene Moselfische mit Kartoffelpuffer*. Sein königliches Mahl, wie er es nannte, ließ er sich von der Bemerkung der Kommissarin, Völlerei sei eine Sünde, keineswegs verderben und krönte es mit zwei Stücken *Grieskuchen* und einer großen Tasse Kaffee.

Der Wirt kam eigens aus der Küche und begrüßte den Gast, der seine Kunst derart zu schätzen wusste, persönlich.

„Vergelt's Gott!", wünschte ihm Relling, kräftig die Hand schüttelnd.

Die kleine blonde Frau neben dem Pfarrer, die einen ungeduldigen Eindruck machte und ständig darauf achtete, dass ihre Jacke die Umhängetasche bedeckte, betrachtete der Wirt allerdings mit Argwohn. Sie hatte nur einen kleinen Teller mit einem Rest Salatsoße vor sich stehen. Dennoch ließ er es zu, dass sie ihm beim Abschied die Empfehlung für einen schönen Campingplatz in Trier abrang.

Wie gut diese Empfehlung war, konnten sie allerdings erst am nächsten Morgen feststellen, denn zu der mittlerweile vorgerückten Abendstunde war der zentral im Stadtgebiet liegende Platz bereits geschlossen. Sie biwakierten daher auf dem vorgelagerten Parkplatz und bezogen morgens, sobald geöffnet wurde, einen Stellplatz direkt am Moselufer.

Die Kommissarin wunderte sich, dass Relling schon wieder essen konnte.

Während sie vorher kurz den Platz inspiziert hatte, war er im Supermarkt verschwunden. Gerade war er mit einer großen Tüte sowie zwei Bechern dampfenden Kaffees zurückgekommen, hatte den Tisch aufgeklappt und seine Beutestücke ausgebreitet.

„Wie sollen wir vorgehen?", fragte sie, während sie sich nun doch auch ein Brötchen schmierte.

„Ich werde zur Abtei gehen", kaute Relling, „und versuche herauszufinden, ob meine Vermutung richtig ist und dieser Hansen sich tatsächlich dort aufhält."

„Du?", kreischte die Kommissarin. „Wir! Wir gehen zur Abtei!"

Relling nahm einen großen Schluck aus dem Becher. „Ich glaube nicht, dass sie dich als Frau dort ohne Weiteres hineinlassen", meldete er seine Bedenken an.

„Ich habe einen Ausweis, der mich überall hineinlässt", klopfte sie auf ihre Hosentasche.

„Und dann willst du dir mit Gewalt Zugang verschaffen und das ganze Kloster durchsuchen?" Relling belegte sich ein neues Brötchen. „Ich meine ja nur, sie werden sehr viel kooperativer sein, wenn ich erst einmal mit ihnen rede. Von Bruder zu Bruder, sozusagen. Falls Hansen dort ist und reden will, kommst du selbstverständlich mit."

„Dann kau' schneller, Werner!"

„Mach' ich ja bereits", biss er wieder ab. „Und noch schneller werde ich duschen. Die Anzüge und Hemden, die du gekauft hast, sind die dunkel vom Farbton her?"

„Äh, nun", stotterte die Kommissarin, „eigentlich nicht so, eher etwas heller."

„Na gut", maß Relling diesem Thema im Moment keine weitere Bedeutung bei, „dann ziehe ich den hier nochmals an und nehme eben das einzige frische Hemd, das ich dabei habe. Ins Kloster gehe ich nämlich lieber in Schwarz."

Er schob sich den Rest des Brötchens in den Mund, leerte den letzten Schluck Kaffee hinterher, ging in den Bus, kramte seine Wäsche und den Toilettenbeutel hervor.

„Beeile dich!", rief ihm die Kommissarin nach, als er Richtung Sanitärgebäude verschwand.

Eine knappe viertel Stunde später stand er wieder vor ihr. Ein paar längere graublonde Haarsträhnen hingen noch nass über die Nickelbrille.

Die Kommissarin hatte in der Zwischenzeit aufgeräumt und am Kiosk einen Stadtplan erstanden.

„Wir können laufen, das ist gleich um die Ecke", schlug sie vor. „Nur über die Brücke, die du dort siehst, danach kommt schon das Kloster. Es sind keine zehn Minuten."

Relling nickte, warf Schmutzwäsche und Toilettenzeug

in den Bus und schloss ab.

Tatsächlich ragte schon wenige Minuten später die trutzig wirkende Basilika der Abtei St. Matthias vor ihnen auf.

Relling hielt an dem Rundbogentor in der hohen Mauer, die den großen Vorplatz der Kirche zur Straße hin abgrenzte.

„Gib mir eine halbe Stunde", forderte er von der Kommissarin. „Du kannst dir ja das Apostelgrab anschauen, wir treffen uns dann wieder hier am Tor." Damit verschwand er durch den Bogen und ging zielstrebig nach links über den Hof zum Eingang des langen Gebäudes, das sich von der Mauer bis hinüber zur Kirche erstreckte.

„Der Bau dieser romanischen Basilika, die sie vor sich sehen", hörte die Kommissarin einen Fremdenführer seine Reisegruppe informieren, „datiert in der ersten Hälfte des 12. Jahrhunderts."

‚Na ja`, dachte sie sich, ‚wenn ich schon hier bin . . .` Sie schlenderte über den Hof zum Portal.

Im Inneren überraschte sie die Schlichtheit des schmalen, aber sehr langen und hohen Kirchenschiffs. Keine Malereien an den Wänden und der Decke, kaum Figuren oder Statuen. Interessiert ging sie überall herum bis sie vor einer elfenbeinfarbenen Steinfigur stand, die in Lebensgröße auf einem grauen Granitquader lag. Eine illustrierte Hinweistafel verriet, dass sich unter diesem Kunstwerk der Sarkopharg mit den Gebeinen des Apostels Matthias befinde.

„Wenn man nur wüsste, ob das mit den Aposteln alles wirklich so war", dachte die Kommissarin ein wenig beeindruckt, als sie wieder aus der Kirche ging.

Relling stand bereits am Tor und winkte ihr zu.

„Und, was ist", fragte sie ungestüm, kaum dass sie ihn

erreicht hatte, „ist dieser Hansen hier? Können wir zu ihm?"

„Ja", lächelte Relling, „nein."

„Was denn jetzt?", schnaubte sie.

„Heute wird es nichts, dafür aber gleich morgen früh", nahm er sie am Arm. „Komm, wir gehen uns die Stadt ansehen, ich erkläre es dir unterwegs."

Widerwillig ließ sie sich abführen.

Während sie Richtung Stadtmitte gingen, berichtete Relling, wie der Klosterbruder, auf den er als Erstes traf, zunächst keinerlei Auskunft geben wollte. Da hatte er ihm erzählt, was mit der Journalistin Fabius geschehen war und vor allem auch, warum; wie dieser Herr Hansen im Verdacht stand, ein Satanist zu sein oder aber zumindest im Kontakt zu einem solchen Zirkel zu stehen; letztlich noch, welche Hinweise auf abscheuliche geplante Verbrechen gegen die Menschlichkeit und den christlichen Glauben sie hatten. Da hatte der Pater sofort den Ernst der Lage erkannt und gleich persönliche Rücksprache mit dem Abt genommen.

„Langer Rede kurzer Sinn", schloss Relling seinen Bericht, „Hansen lebt seit einigen Wochen hier das Leben eines Mönchs, als Gast allerdings. Er ist unheilbar an Krebs erkrankt, hat nur noch sehr kurze Zeit vor sich. Es ist seine Absicht, im Kloster zu sterben, sein gesamtes Hab und Gut hat er der Abtei vermacht, einschließlich aller Antiquitäten seines Geschäfts. Von irgendwelchen Kontakten zum Satanismus hat er den Brüdern allerdings wohl nichts erzählt."

„Warum können wir dann nicht sofort zu ihm?"

„Ein Mal pro Woche wird er zur Behandlung in die Klinik gebracht und kommt erst am späten Abend zurück. Das ist heute", klärte Relling auf.

„Wieder ein Tag weniger", haderte die Kommissarin.

„Dagegen sind wir machtlos, das lässt sich leider nicht ändern", tröstete Relling. „Machen wir das Beste daraus und spielen für den Rest des Tages Urlaub", schlug er vor. „Schließlich gibt es hier ja auch ein paar interessante Dinge zu sehen", hakte er das Unabwendbare ab und ging los.

Die Kommissarin trottete mürrisch hinterher.

„Wusstest du übrigens", begann Relling zu dozieren, „dass Trier, zumindest der Sage nach, 1300 Jahre älter als Rom sein soll? Tatsache hingegen ist, dass schon einige Jahre, vielleicht auch 200 Jahre, vor Christi Geburt die Treverer hier siedelten, ein keltischer Stamm. Darum nannten die Römer die Stadt, die sie hier so um das Jahr Null herum errichteten, Augusta Treverorum. Das ist der historisch verbriefte Ursprung. Aus der Zeit der Römerherrschaft stammt auch die Porta Nigra, das schwarze Tor, heute eines der Wahrzeichen Triers. Sehr wahrscheinlich heißt es so, weil der Sandstein schnell extrem verwitterte und darum schon früh die dunkle Färbung zeigte. Das schauen wir uns jetzt an!"

Wie die Kommissarin befürchtete, blieb es nicht bei der Besichtigung dieses nördlichen Stadttores, welches nie ganz fertiggestellt wurde.

Relling schleppte sie auch zu den Barbarathermen, der größten Thermenanlage nördlich der Alpen, ebenfalls aus der Römerzeit; er zog sie durch das Karl-Marx-Haus, in dem ein Museum eingerichtet war; er bugsierte sie durch den Dom St. Peter, der ältesten Bischofskirche Deutschlands.

Aber schon in die Konstantinbasilika brachte er sie nur noch hinein, weil er ihr versprach, dass sie solch einen riesigen Raum sicher noch nie im Leben gesehen habe. Die schon im 4. Jahrhundert erbaute Aula war der Thronsaal Kaiser Konstantins und beeindruckte mit 67 Metern Länge, 27 Metern Breite und 33 Metern Höhe sogar tatsächlich eine völlig an den Rand der Erschöpfung gebrachte Kommissarin.

Als Relling dann noch den bischöflichen Weinkeller besichtigen wollte, ging sie zur offenen Meuterei über. „Keinen Schritt weiter, zum Campingplatz, jetzt sofort und zwar mit dem Taxi!"

Mit der Aussicht, auf dem Platz das Restaurant zu testen, fügte sich Relling.

Zwar redete sie dort während des Essens keine zwei Sätze mit ihm – was er auf ihre Müdigkeit zurückführte - und verschwand danach auch gleich im Bus, ohne seine Einladung auf ein spätabendliches Gläschen Moselwein anzunehmen. Wie er sie aber am nächsten Morgen mit einer Tüte voller Frühstück und zwei Bechern heißen Kaffees wachrüttelte, war sie wieder ganz die Alte.

„Du mit deiner ewigen Esserei!", kläffte sie, den Kopf noch schlaftrunken schüttelnd.

„Ja, auch guten Morgen, Maria", lächelte Relling und blinzelte in die Morgensonne. „Heute wird ein schöner Tag!"

„Ja", sagte sie ruhiger, „das wird es. Weil wir nämlich diesen Hansen zur Rede stellen, und zwar schon sehr bald!"

„Genau, gleich nach dem Frühstück." Relling machte es sich am Tisch bequem und griff zum ersten Brötchen. Er würde sich nicht unter Stress setzen lassen.

Aber die Kommissarin schüttete ihren Kaffee hinunter und drangsalierte ihn dann mit so vielen Beeilungsfloskeln, dass er schließlich kurzerhand den Tisch packte, ihn mitsamt dem Frühstück in den Camper stellte und sich mit ihr auf den

Weg machte.

‚Im Vergleich zu gestern Abend ist sie nicht wiederzuerkennen`, dachte sich Relling, als die Kommissarin im Sturmschritt vor ihm über die Brücke und dann bis zur Abtei durch die Straßen rannte.

Erst auf dem Vorplatz der St. Matthias-Basilika kam sie zur Ruhe. „Da hinein?", deutete sie auf den Eingang in der Mitte des langen Gebäudetraktes.

„Ja", keuchte ein noch atemloser Pfarrer, „Aber klingeln."

Der Benediktiner, mit dem Relling gestern gesprochen hatte, öffnete ihnen die Tür. Er begrüßte den Pfarrer und warf einen misstrauischen Blick auf dessen Begleiterin.

„Die Kommissarin", sagte Relling mitleidig.

Der Pater nickte stumm und deutete ihnen an, ihm zu folgen. Ebenso wortlos ging er durch die langen Flure, bis er endlich vor einer massiven Holztür stehen blieb. „Hier", sagte er dann leise. „Ich lasse euch alleine."

Während der Mönch über den Flur huschte, klopfte Relling an die Tür. Da keine Antwort kam, wiederholte er es etwas lauter. Dann drückte er die Klinke, öffnete die Tür und streckte den Kopf hinein.

Auf einem schmucklosen Bett saß ein alter, kahlköpfiger Mann in einem Morgenmantel. Das Bettzeug hatte er gegen die Wand gedrückt, um sich anlehnen zu können, eine Wolldecke um die Beine geschlagen. Seine Haut im Gesicht und an den Armen war gelblich fahl, schien schrumpelig an ihm zu hängen. Die großen Augen stachen aus dem ausgemergelten Schädel hervor und sahen Relling leer an. Mit einer schwachen Bewegung nickte er.

Der Pfarrer trat in den Raum.

Die Kommissarin folgte ihm und schloss die Tür. Auch sie war entsetzt wegen dem Menschenbündel, das sie anstarrte. ‚Wie ein Skelett, dem man eine viel zu große, gelbbraune Haut übergezogen hat`, dachte sie.

Relling zog die beiden Stühle, die zusammen mit einem Nachtkästchen, einem kleinen Tisch und einem Schrank das einzige Mobiliar des nicht geräumigen Zimmers bildeten, näher zum Bett.

Die Wände waren von dem derben Holzboden bis zur Decke kahl, nur über dem Bett hing ein Kruzifix. Auf dem Tisch lag eine aufgeschlagene Bibel, daneben standen ein Glas und eine Wasserflasche.

Das Zimmer war kühl, dennoch standen Schweißperlen auf der Stirn des vom Tode Gezeichneten. Ein Geruch wie nach verdorbenem Fleisch hing in der Luft.

Relling war von seinen Besuchen im Hospiz das Antlitz von Menschen gewohnt, die langsam von innen nach außen zu verfaulen schienen. „Herr Hansen, ich bin Pfarrer Relling", stellte er sich vor. „Das ist Frau Kommissarin Hertkorn. Wir sind hier, weil wir ihre Hilfe benötigen."

„Ja", sagte mit brüchiger Stimme der alte Mann nur. Er schob langsam seine Rechte in die Tasche des Morgenrocks und tastete umständlich darin herum. Endlich zog er eine gelbe Tablette heraus. Mit zittriger Hand zeigte er auf das Wasserglas.

Relling ging zum Tisch und reichte es ihm.

Der Kranke steckte sich die Tablette in den Mund und griff nach dem Glas. Weil er aber durch seine zittrige Schwäche die Hälfte verschüttete, führte der Pfarrer ihm das

Glas zum Mund.

Nach zwei oder drei kräftigen Schlucken stellte Relling das Glas zurück und setzte sich wieder.

Der Alte ließ sich mit einem tiefen Seufzer in die Kissen sinken. „In ein bis zwei Minuten wirkt dieses Wundermittel", stieß er hervor, „dann kann ich ungefähr eine viertel Stunde mit ihnen reden."

Relling nickte. „Gut, Herr Hansen. Kennen sie eine Journalistin aus Zürich, Claire Fabius?"

Hansen nickte, sah den Pfarrer fragend an.

„Sie ist tot", erklärte der, „mit dem Flugzeug abgestürzt. Wir haben Aufzeichnungen bei ihr gefunden, in denen sie erwähnt sind. Darum sind wir hier."

„Hören sie", sagte der Kranke gedämpft, „wir müssen kein Fragespiel daraus machen. Ich sage ihnen zusammenfassend alles, was ich weiß."

Relling nickte. „Schön, danke."

Hansen holte rasselnd Luft. „Ja, ich kannte sie. Sie war bei mir, schon einige Zeit her. Ursprünglich war sie einem international agierenden Schieberring für Kunst und Antiquitäten auf der Spur. Im Zuge ihrer Recherchen stieß sie dabei auf einen österreichischen Unternehmer namens Haberer. Haberer war leidenschaftlicher Kunstsammler. Aus welchen Quellen die von ihm begehrten Objekte stammten, war ihm nicht so wichtig."

Hansens Gesicht verzerrte sich. Man sah, dass er Schmerzen hatte.

„Dieser Haberer jedenfalls", versuchte er sich zu konzentrieren, „hatte schon vor längerem ein paar Blätter einer mittelalterlichen Handschrift erworben, von denen man ihm sagte, es seien Teile der fehlenden Blätter des *Codex Gigas,* der *Teufelsbibel.*" Er warf Relling einen fragenden Blick zu.

Der schlug kurz die Augen nieder. „Kenne ich."

„Ich war seit Jahrzehnten bekannt als Spezialist für Handschriften aus dem Mittelalter. Wohl darum hat Haberer mich mit der Erstellung eines Gutachtens über seine Neuerwerbungen beauftragt. Eines meiner Vergehen war, dass ich die Existenz dieser Blätter und natürlich auch, wem sie gehörten, an meine damalige Loge verraten habe."

Er sah Relling mit wässrigen Augen an. „Ich war nämlich überzeugter Satanist, müssen sie wissen."

„Das dachte ich mir schon", entgegnete Relling ruhig. „Fahren sie fort."

„Die Journalistin hatte herausgefunden, dass Haberer, wie gesagt, nicht zimperlich war mit der Herkunft seiner Sammelobjekte. Weil sie einen Skandal witterte, der große Unternehmer und die Kunstsammlung aus dunklen Kanälen, hatte sie ein Interview mit ihm vereinbart. Als sie zum verabredeten Zeitpunkt an sein Haus kam, stand die Tür auf, Haberer lag tot in einer Menge seines Blutes und die Blätter aus der Teufelsbibel waren verschwunden. Das . . ."

Seine weitere Ausführung ging in einem Hustenanfall unter. Ein trockener, bellender Husten, der ihm Schweißperlen auf die Stirn trieb. Er sackte in sich zusammen und versuchte, Luft zu bekommen.

„Diese Krankheit trägt ihren Namen zu Recht", sagte er abgehackt, während er noch immer um Atem rang. „Der Krebs frisst einen von innen auf mit seinen Scheren, ein Organ um das andere."

Relling holte das Wasserglas, führte es ihm an den Mund.

Dankbar nahm Hansen einen Schluck. Seine Atmung wurde allmählich wieder ruhiger. „Das Einzige", konnte er daher fortfahren, „was die Fabius bei Haberer noch gefunden hat, war mein Gutachten. So kam sie auf mich, darum hat sie dann mich kontaktiert."

Der Pfarrer hob das Wasserglas in Hansens Richtung, aber der schüttelte den Kopf. „Sie hat mich traktiert und gelöchert, weil sie unbedingt mit mir reden wollte. Aber ich hatte damals ganz andere Sorgen. Genau zu der Zeit habe ich nämlich die Diagnose dieser Krankheit bekommen, von zwei Ärzten unabhängig voneinander bestätigt."

Er drehte sich mühsam in Richtung des Kruzifix. Dann sank er schlaff zurück in die Kissen. „Schließlich habe ich ihrem Begehren nachgegeben, mehr noch, viel mehr: ich habe ihr alles erzählt, was ich wusste. Denn mit einem Schlag war es für mich klar – der Ausbruch dieser Krankheit war meine persönliche Strafe für all die Taten, die ich als Satanist begangen habe. Direkt, weil ich selbst etwas gemacht habe, oder indirekt, weil ich einfach dabei war. Diese Krankheit ist mein Urteil, verstehen sie?" Er sah den Pfarrer hilflos an.

Relling beugte sich nach vorne und drückte ihn kurz am Unterarm.

„Mein Leiden ist Buße", hechelte Hansen. „Durch das Leiden ist mir klar geworden, wie falsch alles war, an das ich geglaubt habe, was ich gemacht habe. Alles war falsch!", japste er, „ich bereue es so zutiefst, ich bereue, ich will mich läutern, ich bereue!" Um Atem ringend sackte er in sich zusammen.

Relling sprang auf, legte ihm eine Hand auf die Stirn. Die feuchte Hitze, die er spürte, ließ ihn fast zurückzucken. „Ruhig", sagte er leise. „Und atmen. Ruhig und gleichmäßig atmen."

Der Alte drehte die Augen zu ihm und versuchte, der Empfehlung zu folgen. Röchelnd bekam er langsam wieder Luft. „Verstehen sie", stammelte er, „die Krankheit ist ein Zeichen des Herrn, ich muss Buße tun, zurück auf den richtigen Weg! Darum will ich hier sterben!"

Der Pfarrer strich ihm den Schweiß von der Stirn und drückte seine Hand.

„Kann ja sein, dass ihre persönliche Waschmaschine für sie tatsächlich funktioniert", durchschnitt eine harte, weibliche Stimme die stickige Luft des Zimmers, „aber wir haben hier so eine Art Fahrplan! Und auf dem steht, dass in ein paar Tagen ein Mensch geopfert werden soll! Was wissen sie darüber? Wie können wir das verhindern? Reden sie, wenn sie schon geläutert werden wollen! Ich brauche Fakten, Namen, Orte!"

Der Alte griff nach Rellings Armen.

Der Pfarrer glitt neben ihn auf das Bett und legte seinen Arm um Hansen.

„Ich wusste nicht einmal immer vorher Bescheid über die Ereignisse, die für unsere Treffen geplant waren. Was ich dazu weiß, habe ich alles der Journalistin gesagt."

„Diese Informationen haben wir gefunden", nickte Relling.

„Und echte Namen kenne ich nicht", stöhnte Hansen, „nur Decknamen. Meist aus der Welt der Sagen und Mythen. Moritasgus, Cranus, Esus oder so etwas in der Art."

„Wie haben sie dann kommuniziert, sich zu Treffen verabredet?"

Hansen hustete wieder. „Über Prepaid-Handys, die wir nur zu diesem Zweck hatten", keuchte er. „Nur der Hohepriester weiß von einigen die Namen, insbesondere von denen, die er in der Hand hat, weil sie erpressbar oder von ihm abhängig sind. Diejenigen, die er völlig unter Kontrolle hat, kennen auch ihn persönlich. Das trifft aber meist nur auf niedere Ränge zu. Man lässt sie Straftaten ausführen und beobachtet oder filmt sie dabei, so hat man sie in der Hand. Außerdem haben alle irgendwelche Angehörigen, denen Schlimmes widerfahren könnte. Allein schon dadurch sind sie erpressbar. Alle anderen bekommen ihn nur während der Messen maskiert zu Gesicht."

„Wenn ich das richtig verstehe", folgerte die Kommissarin, „gibt es also eine strenge Hierarchie, an deren Spitze der Hohepriester steht und ganz unten eine Masse von Mitmachern ist?"

Hansen nickte.

„Und was ist dazwischen?"

„Zum direkten Umfeld des Hohepriesters gehören seine Schergen, das sind seine Vertrauten. Zwei oder drei Männer einfachster Herkunft und Gesinnung, die absolut abhängig von ihm und im Alltag außerhalb der Loge gar nicht lebenstauglich sind. Sie sind Auswurf der Gesellschaft. Er gibt ihnen Sinn, Lebensinhalt, Heimat und Macht durch die Rolle, die sie für ihn spielen dürfen. Sie sind für jeden unantastbar."

Seine Stimme war ständig schwächer geworden, sein Gesicht schmerzverzerrt. Er musste eine kurze Pause einlegen.

„Wozu gehörten sie?", fragte die Kommissarin.

Der Kranke hob kurz die Hand, was bedeuten sollte, dass er antworten würde, sobald es wieder ging.

„Wasser?", fragte Relling dazwischen.

Hansen verneinte kopfschüttelnd. „Zwischen oben und unten sind Leute wie ich, die der Loge durch ihre berufliche Tätigkeit oder ihren finanziellen Hintergrund nützen. Apotheker, die Drogen beschaffen oder herstellen können. Damit werden Mädchen bei Massenvergewaltigungen betäubt. Richter, die juristisch den Rücken frei halten. Ärzte, die abtreiben können und Frauen nach schlimmsten Misshandlungen behandeln. Darum kennt man die Berufe, nicht aber die Namen."

Ächzend versuchte er, sich in eine erträgliche Sitzposition zu ruckeln. „Von denen bleiben die wenigsten dabei, weil sie unter Druck gesetzt werden. Die wissen ganz genau: würden sie reden – sie landeten selbst im Gefängnis und ihre Existenz wäre für immer vernichtet! Viele bringen sogar, als wäre es eine Selbstverständlichkeit, ihre Kinder mit ein. Wir nennen es unseren Glauben, unsere Religion, handeln aus Überzeugung. Dabei sind wir nichts anderes als ein ekliges Geschmeiß aus Sadisten und Pädophilen, die eine Plattform gefunden haben, schreckliche Triebe nahezu gefahrlos auszuleben!"

Der Alte bäumte sich auf und erbrach sich in einem schrecklichen Hustenanfall.

Relling ging zum Schrank und suchte nach etwas Geeignetem. Mit einem Handtuch kam er zurück, wischte zuerst das Gesicht Hansens ab und versuchte dann, den Schleim von dessen Bademantel und der Decke abzureiben.

Erschöpft sackte Hansen in sich zusammen. „Was ihr für

einen meiner geringsten Brüder tut . . .", stammelte er.

Relling warf das Handtuch in eine Zimmerecke und ordnete die Wolldecke des Kranken neu.

Der sah ihn dankbar an. Zitternd deutete er auf das Kopfkissen.

„Möchten sie zusätzlich das Kissen?", fragte Relling und hob es an.

Darunter kam ein schwarzes Notizbuch zum Vorschein.

„Meine Aufzeichnungen darüber, wie das System funktioniert", stöhnte Hansen. „Nehmen sie es."

Der Pfarrer nahm das Notizbuch und steckte es in die Jackentasche. „Danke sehr."

„Die Kraft verlässt mich. Aber ich weiß auch nichts mehr", seufzte Hansen. „Nur eine Information kann ich noch geben: beim letzten Treffen, bei dem ich war, mindestens ein halbes Jahr her, haben sich welche darüber unterhalten, dass der eine . . ." Er musste unterbrechen, um nach Luft zu ringen. „ . . . dass einer ein Gewerbegrundstück in Berlin, eine ehemalige Auto-Werkstatt oder so etwas, gekauft . . ." Ein erneuter Hustenanfall unterbrach ihn wiederum. „ . . . dass der das gekauft hat", röchelte er weiter, „und wir dort ein festes Quartier beziehen können, sobald es entrümpelt und hergerichtet ist." Seine Brust hob sich nur noch flach, er schloss die Augen. „Nicht mehr zwischen verschiedenen Orten wechseln müssen", brachte er noch mühsam hervor. „Das müsste jetzt fertig sein."

„Wo ist das?", bellte die Kommissarin. „Wo genau?"

Hansen hielt die Augen geschlossen. „Ich weiß es wirklich nicht", stöhnte er kaum noch hörbar. „War nicht am Gespräch beteiligt . . . habe den Straßennamen beiläufig gehört und mir nicht gemerkt . . ." Er flüsterte nur noch. „Konnte ihn auch der Fabius nicht sagen."

„Wir lassen sie jetzt in Ruhe", beschloss Relling und stand auf. „Noch zwei kurze Fragen, sie brauchen nur zu nicken oder ganz kurz zu antworten. Hatten sie alle fehlenden Blätter aus dem Codex zur Begutachtung?"

Hansen deutete schwach eine Verneinung an.

„Was stand auf den Seiten, die sie hatten?"

Der Alte winkte ihn mit schwacher Hand zu sich herunter.

Relling brachte sein Ohr neben Hansens Mund.

„Das, was sie befürchten", flüsterte der gebrochen.

Relling richtete sich auf und nahm die Hand des Alten. „Ich wünsche ihnen, dass sie Vergebung finden!" Dann löste er sich von ihm und zog eine Visitenkarte aus seiner Jackentasche. „Meine Handy-Nummer", erklärte er und schob das Kärtchen so in die Bibel, dass es ein Stück weit herausragte. „Wenn ihnen noch etwas einfällt, um Christi Willen, sorgen sie dafür, dass ich es erfahre!"

Hansen schlug zwei Mal die Augen nieder, er hatte ihn verstanden.

Die Kommissarin verließ das Zimmer so wortlos, wie sie gekommen war.

Während Relling noch mit einem letzten Blick auf den Alten die Tür zuzog, jagte sie bereits durch den Flur und bohrte in der Tasche nach ihrem Handy.

Als er sie im Hof eingeholt hatte, hörte er, wie sie mit dem Staatsanwalt telefonierte. Dabei lief sie aufgebracht hin und her.

Eine kurze Denkpause kam ihm gerade recht. Hansen

hatte seine Vermutung, eher Befürchtung, bestätigt. Die fehlenden Seiten der Teufelsbibel enthielten also genau das dunkle Wissen, an das niemand gelangen durfte.

„Werner", hörte er die Kommissarin rufen. In Gedanken versunken setzte er sich in Bewegung.

„Komm' schnell", kommandierte sie, „wir müssen umdisponieren!"

Kaum dass er auf ihrer Höhe war, ging sie schnellen Schrittes los. „Das hat jetzt gar nichts gebracht", bilanzierte sie. „Ein ehemaliges Autohaus oder etwas in der Art! In Berlin! Das ist weniger als nichts!"

„Wohin rennen wir?", wollte Relling wissen.

Sie schien seine Frage nicht verstanden zu haben. „Sonst kein Hinweis, kein Name! Das Maximale, was Berger tun kann, ist, die Berliner aufmerksam zu machen, damit jede Streife in Gewerbegebieten die Augen aufhält. Aber selbst wenn sie etwas Auffälliges sehen, dürfen sie ohne Durchsuchungsbeschluss nicht hinein. Den bekommen wir bei dieser Beweislage allerdings niemals! Und wenn das Ganze hinter einer Mauer oder in einem Hinterhof liegt, können die Kollegen nicht einmal inoffiziell ein Auge riskieren!"

Relling keuchte neben ihr her.

„Dass im Notizbuch von dem Hansen für eine Fahndung verwertbare Hinweise sind, glaube ich kaum. Hätte er sonst gesagt. Da geht es wohl mehr um das System und wie es funktioniert. Aber lies du es trotzdem, man weiß ja nie. Gleich sind wir am Campingplatz, dann fährst du mich zum Flughafen nach Luxemburg, dahin brauchen wir eine gute halbe Stunde", bekam Relling endlich seine Antwort. „Berger organisiert mir einen Platz in der Maschine nach Berlin um 19.30 Uhr."

„Ist das eine gute Idee, Maria?", zweifelte Relling, als sie schon die Rezeption des Platzes in Sichtweite hatten. „Siehst du mehr als alle Polizeistreifen, die sich dort auskennen?"

„Nein, natürlich nicht. Aber es sind noch vier Tage bis zum 1. Juli. Fünf, wenn ich den mitrechne. Vielleicht habe ich ja Glück. Und falls die Jungs dort etwas finden, bin ich gleich vor Ort. Hier herumsitzen und nichts tun oder gemütlich mit dir im Bus nach Berlin fahren, kann ich jedenfalls nicht!"

„Ach", staunte Relling, „ich fahre auch nach Berlin?"

„Klar", lächelte sie ein wenig, „wir haben doch Urlaub! Du kommst mit ihm nach", tätschelte sie auf die Tür des Campers. „Schließ mal auf!"

Relling drehte den Schlüssel im Schloss und zog die Schiebetür auf. Ein paar Ameisen, sowie einige Fliegen und eine Wespe hatten es geschafft, in das Auto zu kommen und sich über seinen Frühstückstisch hergemacht.

Er zog das Tischchen aus dem VW-Bus. ‚Mist`, dachte er, ‚das kann ich alles wegwerfen.`

Die Kommissarin hüpfte in den Bus. Sie nahm ihre Umhängetasche und platzierte sie griffbereit neben der Tür. Die UZI und die Magazine zog sie heraus, steckte sie in eine der Einkaufstaschen, in denen Rellings neue Anzüge noch immer auf die Anprobe warteten.

Sie dachte kurz nach. Dann nahm sie ihre Dienstwaffe ebenfalls aus der Umhängetasche und steckte sie in die andere Tüte.

‚Bis ich da am Flugplatz in Luxemburg mit den Formalien durch bin, ist die Maschine weg`, begründete sie still ihre Entscheidung. ‚Die Berliner werden wohl ein

Werkzeug für mich haben.`

Eilig kramte sie ihre Reisetasche aus den Camping-Utensilien hervor, zog wahllos frische Wäsche heraus und stopfte die Umhängetasche damit voll. „Ich fliege mit kleinem Gepäck", rief sie hinaus.

‚Eine Sünde, so viele gute Lebensmittel zu verderben`, haderte Relling immer noch.

„Meine Reisetasche lasse ich im Bus", setzte die Kommissarin ihre Erklärungen fort. „Die UZI und meine Dienstpistole auch, kann ich alles nicht mit in eine Linienmaschine nehmen!"

‚Eigentlich habe ich sie ja nicht verderben lassen`, fand Relling endlich die Lösung, ‚sondern verfüttert. Tiere sind ja auch Gottes Schöpfung und die hier hatten heute eben einen besonders guten Tag.` Lächelnd beobachtete er, wie sich die Wespe surrend in das Brötchen bohrte.

„Bist du soweit?" Die Kommissarin sprang aus dem Bus. „Können wir fahren?"

Relling hielt sie an den Oberarmen. „Es ist mir gar nicht wohl dabei, dich alleine ziehen zu lassen, Maria!"

„Mir eigentlich auch nicht", blinzelte sie zu ihm hoch. „Aber wenn du morgen fährst, bist du ja spätestens übermorgen wieder bei mir." Sie strich mit dem Zeigefinger leicht über seinen Bauch. „Du fährst doch morgen gleich?"

Er ließ seine Hände nach oben gleiten, hielt behutsam ihren Kopf wie eine wertvolle Glasschale. „So sicher wie das Amen in der Kirche!"

7

‚Auch irgendwie komisch`, dachte Relling beim Blick auf den reich gedeckten Frühstückstisch, ‚kein Drängen, kein Schimpfen, kein Nörgeln. Macht eigentlich auch nicht wirklich Spaß. Ob das wohl eine Definition für Einsamkeit ist, wenn man alles tun kann, was und wie man es will? Wenn keiner mehr da ist, der sich kritisch mit einem auseinandersetzt?`

Gestern Abend hatte Maria ihn noch angerufen und mitgeteilt, dass sie gut angekommen sei und sich auf die Suche nach einem Hotel mache.

Relling vergewisserte sich, dass er sein Handy in der Hosentasche hatte. Heute morgen wollte sie sich wieder melden. ‚Fast halb zehn, langsam könnte sie ja mal anrufen`, haderte er und biss lustlos in sein Brötchen.

Kaum zehn Minuten später räumte er den Tisch ab, verpackte die Lebensmittel sorgfältig. Er würde sie auf der Fahrt verzehren, so brauchte er nicht unnötig zu pausieren. Dann verstaute er Tisch und Stuhl im Bus, prüfte, ob alles fest gelagert war und kramte seinen Beutel mit dem Duschzeug heraus. „Duschen, frische Kleider, Abfahrt", murmelte er vor sich hin.

‚Ach so`, fiel ihm ein. Er musste ja noch die Anzüge probieren. Hoffentlich passten sie problemlos!

Umständlich zerrte er die erste Einkaufstüte hervor und schlug sie auf. Dieses Höllending drückte irgendein weißes Stoffzeug platt. Vorsichtig nahm er erst die UZI, dann die

Magazine heraus und legte sie beiseite. Mit einem beherzten Griff zog er das weiße Knäuel heraus. Ein weißes Hemd und ebensolche Wäsche fielen dabei auf den Boden des Campers.

Fassungslos hob er die Hose, dann die Jacke in die Höhe und besah sie staunend von allen Seiten.

Das ältere Ehepaar vor dem Wohnwagen auf Stellplatz 16, gleich schräg gegenüber, freute sich über die unerwartete Abwechslung beim Frühstück. Ein Pfarrer, gestern noch mit einer Frau hier, bei der Kleiderschau.

„Maria!", rief Relling aus. „Was hast du gemacht?"

Die beleibte Frau kniff mit runzelnder Stirn die Augen zusammen. Maria? Warum Maria? Wurden sie etwa Zeuge eines Wunders, hatte Maria über Nacht des Pfarrers schwarze Kleider verwandelt?

Relling warf den Anzug in den Bus und zog die zweite Tüte heran. Wieder so ein eckiges Ding. Hektisch nahm er die Dienstpistole der Kommissarin heraus und legte sie neben die UZI. Auch hier alles schneeweiß.

Er zog den zweiten Anzug heraus und wiederholte seine Beschau. „Maria!", rief er wieder. „Maria! Um Himmels Willen!"

Seine Beobachterin stieß ihrem eher schmächtig wirkenden Mann, der gerade einen Schluck Kaffee trinken wollte, den Ellbogen in die Seite und bekreuzigte sich. Der verschluckte sich, stellte hustend seine Tasse ab und folgte gehorsam der Vorgabe seiner Frau.

„Mein Gott!", stöhnte Relling laut. „Alles weiß! Schneeweiß!"

Der Mann gegenüber griff für einen weiteren Versuch zu seiner Tasse und führte sie zum Mund. „Himmel und Hölle!", hörte er den Pfarrer rufen, der den Bund seiner Hose öffnete und sie kurzerhand zur Erde gleiten ließ.

Die Frau rammte ihrem Gatten wieder den Ellbogen in die Seite und deutete mit dem Finger auf Relling, der graue Boxershorts trug. Ihr Mann stellte die Tasse zurück, wischte sich den übergeschwappten Kaffee von den Fingern und bekreuzigte sich mechanisch.

„Hoffentlich passt das Zeugs wenigstens", murmelte Relling, während er seine schwarze Hose von den Füßen strampelte und in die weiße stieg.

Die Frau starrte mit aufgerissenen Augen auf Relling, ihr Mann auf sie. Er wollte jetzt alles richtig machen und kein Risiko mehr eingehen.

Relling zerrte das Jackett aus der Einkaufstasche und legte es an. Während er das Sakko zuknöpfte, stakste er zur Heckscheibe des VW-Bus. Hier besah er sein Spiegelbild. ‚Scheint ja zu passen`, dachte er, ‚diese Maria! Ganz in Weiß!` Dann breitete er lächelnd die Arme aus und rief: „Habemus papam, habemus papam! Danke Maria, dass du mich zum Papst gemacht hast!"

Die Frau wusste, dass dieser Ruf verkündet wurde, wenn ein neuer Papst gewählt war. Sie rutschte aus dem Campingstuhl auf die Knie und verharrte. Ihr Mann tat es ihr vorsichtshalber gleich.

Relling ging schnell um den Bus, packte seinen Toilettenbeutel und die beiden Tüten, setzte sich Richtung Dusche in Bewegung.

„Gottes Gruß!", rief er den Knienden zu und machte eilend eine segnende Handbewegung.

„Schnell, Gustav!", befahl die Frau, „mach den

Fernseher an! Wir müssen etwas verpasst haben!"

‚Schön`, freute sich Relling, als er die Dusche aufdrehte, ‚dass es noch so fromme Menschen gibt!`

Heute drängte er sich selbst zur Eile, was nicht minder effektiv war. Kaum zehn Minuten später war er zurück am Bus, in weißem Hemd und Anzug.

Er wunderte sich ein wenig, dass seine frommen Nachbarn das ganze Frühstück hatten stehen lassen und stattdessen im Wohnwagen der Fernseher lief.

‚Nur an Schuhe hat Maria nicht gedacht`, lächelte er vor sich hin, während er die schwarze Hose aufhob und das Handy aus der Tasche fischte. ‚Ein Paar rote und es wäre perfekt!` Weil seine schwarzen Slipper so gar nicht zu all dem Weiß passten, beschloss er, barfuß zu fahren.

‚Ein entgangener Anruf und eine sms`, verriet ihm der Blick auf das Handy. Die Kommissarin hatte versucht, ihn zu erreichen, während er unter der Dusche war und dann eine Nachricht geschrieben.

Habe angerufen. Sie haben mir einen jungen Kommissar als Unterstützung gegeben. Der hat gerade einen Tipp aus der Drogenszene bekommen. Wir gehen jetzt da hin und schauen uns um. Muss Handy abstellen, rufe später an. M.

Mit einem ungutem Gefühl steckte Relling das Telefon weg. ‚Abfahrt`, dachte er und machte den Bus klar.

Als er anfuhr, kam sein Nachbar aus dem Wohnwagen, bekreuzigte sich, als er ihn sah und trank dann gierig Kaffee.

Relling winkte freundlich, steuerte zur Rezeption, bezahlte, lenkte den Bus Richtung Autobahn. Ein paar Stunden

Fahrt lagen vor ihm. Zeit genug, sich nochmals in die Aufzeichnungen Hansens zu vertiefen, die er gestern Abend gelesen hatte. Dafür hatte er sie beim zweiten Durchlesen auf sein Smartphone gesprochen. Er stöpselte das Gerät in die Freisprecheinrichtung und wählte die Abspielfunktion aus.

Mein Name ist Holger Hansen. Ich war jahrelang überzeugtes Mitglied einer Satanisten-Loge. Jetzt, am Ende meines Lebens, zerfressen von einer furchtbaren Krankheit, weiß ich, dass dies falsch war und bereue meine Taten. Diese Niederschrift fertige ich, damit hoffentlich zukünftig derartige Gräueltaten, wie ich sie begangen habe und an denen ich beteiligt war, vermieden werden können und man versteht, warum sie möglich sind.

Die Häufigkeit und Vielzahl der Gewalttaten mit rituellem Hintergrund dringen nicht in das Bewusstsein der Bevölkerung, weil diese Vergehen keine eigene Rubrik in der Verbrechensstatistik haben. So werden Grabschändungen unter „Sachbeschädigung" erfasst, Prügelorgien, die neue Logenmitglieder als Mutprobe unter unbeteiligten Passanten oder sogar unter ihren Freunden abhalten müssen, sind „Körperverletzung". Bei einem der wenigen bekannten und aufgeklärten schwereren Fälle bekam der Satansanhänger, der die ganze Wohnung mit okkulten Zeichen beschmierte und dann seine minderjährige Tochter vergewaltigte, drei Jahre Freiheitsentzug wegen Kindesmisshandlung.

Würden alle Fälle ritueller Gewalt eigens als solche erfasst, ein Aufschrei ginge, allein der Menge wegen, durch die Gesellschaft. Politiker würden sich dann hoffentlich zum Handeln gezwungen sehen. Dies hier in Deutschland zu beginnen, wäre ein guter Anfang. Wegen der internationalen Vernetzung der Gruppen, insbesondere zu den Vereinigten Staaten von Amerika, allerdings keineswegs ausreichend.

Das Aussenden von Mitgliedern zu Gewalttaten gegen willkürlich ausgewählte Menschen und gegen die eigenen Freunde dient der Loge nicht nur als Mutprobe. Diejenigen, die diese Taten begehen, werden dadurch erpressbar und so gefügig für Weiteres gemacht. Gleichzeitig isolieren sie sich in ihrem bisherigen Umfeld, verlieren ihre Freunde - der Zirkel wird zu ihrer Heimat. Ferner wird ihnen dabei deutlich gemacht, wie es ihnen selbst ergeht, sollten sie abtrünnig werden.

Besonders gerne werden Jugendliche angeworben, weil sie auf der Suche nach Sinn gerne das Bekannte ablehnen und offen für neue, rebellisch anmutende Ideen sind. Ganz stark im Fokus stehen dabei die jungen Menschen, die bereits durch ihre Gewaltbereitschaft auffällig und von der Justiz bestraft worden sind. Während sie sich im Alltag Ärger und Feinde einhandelten, erfahren sie in der Loge Lob und Anerkennung für Gewalttätigkeiten, haben sogar die Aussicht, in der Rangfolge aufzusteigen und Macht über andere auszuüben. Das Versprechen, durch den Dienst für die Loge zu einem besseren Leben, zu einem Auto oder zu Geld zu kommen, gehört ebenfalls dazu.

Viele werden auf Lehrgängen und Veranstaltungen des Zirkels regelrecht geschult, die anerzogenen Grenzen der Zurückhaltung, des Mitleids und der Scham zu überwinden. Hierzu gehört auch, dass sie selbst körperlich gequält und dazu gezwungen werden, jede Form von Ekel zu überwinden. Dies geschieht oft durch das Verspeisen der Herzen frisch geopferter Tiere.

Opferungen sind ein sehr wesentlicher Bestandteil dieses „Glaubens", da er davon ausgeht, dass beim Übergang vom Leben zum Tod Energie frei wird. Weil Kinder noch rein sind, setzt ihr Tod die größte Energie frei.

Der „normale" Bürger wird sich fragen, wie diese Opferkinder beschafft werden. Sie stammen teilweise aus den Armutsländern des Ostens, werden dort durch vorgetäuschte Adoptionen „gekauft". Aber auch in den großen Städten unserer reichen Bundesrepublik, so wie in anderen europäischen Ländern auch, leben tausende Kinder auf der Straße. Sie haben keinen Kontakt mehr zu Verwandten, sind nirgends mehr registriert, niemand in ihrem Umfeld vermisst sie.

Eine weitere Beschaffungsquelle sind illegal eingereiste Frauen aus Flüchtlings- und Armutsländern, die schwanger werden und ihre Kinder „abstoßen" wollen. Gleiches gilt für sogenannte Drogenmütter, die sich ihren Konsum durch Prostitution verdienen müssen. Diese Geburten werden oft nicht einmal registriert.

Hinzu kommen Kinder aus den Logen selbst. Weibliche Mitglieder des Zirkels gelangen niemals in einen Rang, sie sind Allgemeingut und werden vom Hohepriester den Priestern und aufstrebenden Mitgliedern zugeteilt. Dies gilt bereits auch für Mädchen, selbst wenn sie Töchter von Mitgliedern sind. Werden sie schwanger, meist durch Massenvergewaltigungen, werden sie ab dem Moment, wenn die Schwangerschaft sichtbar wird, unter Vortäuschen aller möglichen Tatsachen wie Reisen, Wegzug, Krankheit, Kuraufenthalte und so fort, bis zur Entbindung vollkommen isoliert gehalten. Es stehen genügend Logenmitglieder bereit, auf Grund ihrer beruflichen Tätigkeit für die entsprechenden Atteste und Nachweise zu sorgen. Diese „gezüchteten" Geburten sind dann Opfergaben, von denen niemand etwas weiß, die offiziell nie existiert haben. Wird eine Satanistin von einem Christen schwanger, ist dieses Kind ohnehin dem Tod geweiht. Nur Kinder, die vom Hohepiester selbst oder einem seiner Priester gezeugt wurden, dürfen leben. Wenn es Jungen sind, werden sie zu Satanisten erzogen, Mädchen gelangen in den Kreislauf von Vergewaltigung und Gebären.

Drogen spielen hierbei eine nicht unbedeutende Rolle. Damit die Kinder die Untaten, die an ihnen verübt werden, überhaupt ertragen, werden sie mit Drogen vollgepumpt. Vielen gelingt es nicht mehr, den Alltag bewusst wahrzunehmen. Was den Drogen an Verdrängung nicht gelingt, erledigt aus Selbstschutz, um überleben zu können, die Psyche der Opfer. Sie denken währenddessen an etwas ganz anderes, träumen sich regelrecht weg, um es auszuhalten. Viele haben daher deutliche Verhaltensstörungen und weisen Merkmale gespaltener Persönlichkeiten auf.

Wenn es ihnen gelungen ist, den Fängen der Peiniger zu entkommen und sie den Mut haben, ihre Erlebnisse zu schildern, stempeln dann darum zur perversen Krönung ihres Leidens die Gesellschaft und unsere perfekte Justiz diese Menschen als wenig glaubwürdige Zeugen ab.

Dazu publizieren noch die, die meinen, Satanisten zu sein, weil sie nachts mit einer Kerze in der Hand über Friedhöfe gehen und zu Hause ein okkultes Bildchen aufhängen, dass sie in ihrer Laufbahn noch nie etwas von solchen Gräueln mitbekommen haben. Schon bleibt überall und bei allen hängen, dass die Opfer unglaubwürdige Deppen sind, denen die Fantasie wegen ihrer Behinderung durchgeht. In der Loge, in der ich Mitglied war, hätten diese verwirrten Anhänger des „Metal" und des „Gothic", oder wie auch immer sie sich nennen, jedenfalls keine zwei Feiertage durchgestanden.

Das Gemeinsame zwischen diesen Möchtegerns und uns ist nur, dass sie sich halt auch die Kirche und den christlichen Glauben als Feindbild gewählt haben. Weil diese besonders geeignet sind, alles umzukehren, Hass statt Liebe zu predigen, alles zu verkehren, Feiertage und Feste in ihre gegenteilige Bedeutung zu drehen.

Der ich den wahren Satanismus erlebt habe, weiß ich, er ist falsch! Folgt mir, kehrt um, geht den Weg der Fröhlichkeit, nicht der Dunkelheit, den Weg des Lichts, nicht der Traurigkeit!

Nachdem Hansens Bericht zu Ende war, fuhr Relling noch eine ganze Zeit lang in Gedanken versunken weiter. Es machte ihn geradezu wütend, dass die zuständigen Behörden und vor allem auch die Politik nicht mehr unternahmen, um derart widerliches Treiben zu unterbinden.

‚Wenigstens eine bundesweite Datei sollten sie anlegen`, sinnierte er, ‚um alle Vergehen, von der Tierschändung auf der Wiese bis hin zur Schwarzen Messe, unter einer einheitlichen Oberfläche zu erfassen, rituelle Gewalt. Wahrscheinlich würden sie sich kräftig wundern, was da so alles zusammenkommt. Beim organisierten Verbrechen geht es doch auch, warum nicht hier? Oder mindestens nach diesen Methoden, schließlich ist es nichts anderes!`

Er durchwühlte das Lunchpaket auf dem Beifahrersitz. Aber nichts machte ihn wirklich an. „Wenn sich doch nur endlich Maria melden würde", sprach er vor sich hin. Schließlich zog er ein Brötchen heraus, legte es aber nach dem ersten Bissen zurück. „Ihre letzte Nachricht ist jetzt Stunden her!", haderte er weiter. Relling vergewisserte sich zum wiederholten Male, dass der Rufton seines Handys laut eingestellt war.

Ursprünglich hatte er vor, auf der Strecke mindestens zwei Mal anzuhalten und in guten Restaurants zu essen. Im Raum Wiesbaden vielleicht, *Frankfurter Rippchen mit Kartoffelbrei und grüner Soße*, ganz sicher aber in Leipzig, das berühmte *Leipziger Allerlei*. Dafür käme er jetzt im Juni zur Spargelzeit goldrichtig.

Im Moment war allerdings von seinem Vorhaben nichts übrig geblieben. Dass Maria sich nicht meldete, machte ihn hochgradig nervös. Obwohl es bereits früher Nachmittag war, vermittelte ihm sein Bauchgefühl statt des sonst recht guten Appetits heute eine Ahnung von Gefahr. Er wollte schnellstens in Berlin ankommen. Indessen wurde ihm aber bewusst, dass er dort ja gar nicht viel ausrichten könnte.

Gequält drückte er zum wiederholten Mal die Taste für Marias Kurzwahl. Eine Automatenstimme teilte ihm nochmals lakonisch mit, dass dieser Teilnehmer vorübergehend nicht erreichbar war.

‚Eine halbe Stunde warte ich noch`, nahm er sich vor, ‚dann rufe ich dort bei der Polizei an!`

Weil gute sechzig Kilometer später, die er mit dem einen oder anderen Gebet verbracht hatte, sein Hoffen und Flehen noch immer nicht erfüllt worden war, begann er sein

Vorhaben mit einem Anruf bei der Auskunft zu realisieren.

Die gekünstelt freundliche Stimme eines Herrn Kraszcinsky - oder so ähnlich, wollte gerne etwas für ihn tun. Die Nummer der Polizei in Berlin, bitte. Welche Polizei, Brandpolizei, Schutzpolizei, Wasserschutzpolizei, Kommunaler Vollzugsdienst, Bundespolizei, Autobahnpolizei . . . Schutzpolizei! Welche Dienststelle, es gibt hunderte . . . Kriminalpolizei, ja, Kriminalpolizei! Also Kriminalpolizei, welches Dezernat, es gibt Dutzende . . . Irgendein Dezernat, bitte die Nummer irgendeines Dezernates! Ja, ausnahmsweise wollte Relling direkt verbunden werden. Nein, nach einem schönen Tag sah es nun wirklich nicht aus!

Nach weiteren hundert Kilometern hatte er mit sehr, sehr vielen Polizeidienststellen gesprochen, die alle von nichts wussten, keine Kommissarin Hertkorn kannten. Mit viel rhetorischer Kunst hatte er es verstanden, nicht für verrückt gehalten zu werden, als er sein Problem schilderte und endlich herausbekommen, dass eigentlich die Abteilung LKA 4 im Landeskriminalamt, *Organisierte Kriminalität und Bandendelikte*, für so etwas zuständig sein müsste. Dort wussten sie aber auch nichts und außerdem seien, falls das überhaupt alles tatsächlich stimme, er also kein Betrunkener oder Scherzanrufer sei, derartige Ermittlungen ohnehin kein Thema für ein Telefonat mit Außenstehenden.

Weil er sich von Staatsanwalt Berger Rettung versprach, quälte er sich auch noch durch verschiedene Konstanzer Dienststellen, bis er ihn am Ohr hatte. Doch der wusste ihm auch nur, dass er ihm einerseits tatsächlich nichts sagen könne, andererseits aber auch gar nicht dürfe. Aber er kümmere sich schon.

Fälle, in denen Relling in Versuchung kam, gegen das zweite Gebot zu verstoßen, waren äußerst selten. Aber er schluckte den Fluch und sah stattdessen zu dem Rosenkranz, der am Rückspiegel baumelte. „In der Ruhe liegt die Kraft!", besänftigte er sich.

„Falls Maria sich wirklich nicht mehr meldet", monologisierte er, „ist es sicher, dass etwas passiert ist." Aus Nachlässigkeit oder Ähnlichem würde sie es niemals unterlassen, schließlich war sie in solchen Dingen sehr zuverlässig und wusste ja auch, dass er sich Sorgen machen würde. Also brauchte er für diesen Fall einen Plan.

Dass die Polizei ihn auf eine Spur oder zu einem Einsatz mitnehmen oder auch nur darüber informieren würde, konnte er vergessen. Also blieb ihm nur, was er aus eigener Kraft bewerkstelligen könnte. Heute war der 27. Juni, es blieben ihm hierfür also vier Tage bis zur Festnacht am 1. Juli. Er war sich sicher, wenn Maria nicht einen Herzschlag erlitten hätte oder von einem Auto überfahren worden wäre, sondern, wie er befürchtete, diesen Sadisten in die Hände gefallen war, würden sie sie bis zu diesem Termin am Leben lassen.

„Und wenn nicht", schloss er traurig seine Gedanken ab, „ist es trotzdem meine Pflicht, die Bande zu finden und vielleicht wenigstens noch das Kind zu retten, das auf ihrem Opferplan steht!"

Weit war es nicht mehr bis Berlin, indes nahte aber auch bereits der Abend. Er würde keinen Campingplatz benutzen, sondern sofort mit der Suche anfangen. Sämtliche Gewerbe- und Industriegebiete Berlins würde er aufsuchen; wenn überhaupt schlafen, dann dort, wo er gerade war.

An irgendeiner Tankstelle der endlos scheinenden

Autobahn nach Berlin hinein erwarb er drei große Becher schwarzen Kaffees, zwanzig Dosen eines stark coffeinhaltigen Energy-Drinks und einen dicken Stadtplan: *Berlin und Umgebung, mit Potsdam und allen Sehenswürdigkeiten*. ‚Sehenswürdigkeiten`, seufzte er. Na ja, vielleicht wenn alles vorbei war und ein gutes Ende genommen hatte. Jetzt würde er jedenfalls suchen.

Unterbewusst war ihm die schiere Sinnlosigkeit seines Unterfangens längst klar. Deutlich zur Kenntnis gelangte sie ihm aber, als er durch die erste Zufahrtsstraße zu dem Gewerbegebiet steuerte, das seinem Standort am nächsten lag. Eine ausrangierte Tankstelle, teilweise von einem Bauzaun umgeben, hatte sein Interesse erweckt, sich aber bei näherer Betrachtung als vollgestopftes Möbellager erwiesen.

„Ein ehemaliges Autohaus", wiederholte er Hansens Aussage, „oder so etwas." Das konnte alles sein. Jedes Gebäude, das auch nur annähernd so aussah. Und die, denen man es nicht auf den ersten Blick ansah, noch dazu. Verlassen brauchte es gar nicht zu wirken, sie hätten ja irgendeine Scheinnutzung einrichten können. In einem speziellen Gebiet für Gewerbe und Industrie brauchte es auch nicht zwingend zu liegen, schließlich hatte er schon auf diesen zwei Kilometern feststellen müssen, dass es zudem Gegenden mit einer Mischung von gewerblicher und wohnlicher Nutzung gab. „Ganz Berlin also", murmelte er hoffnungslos. „Doch der Herr ist mein Hirte", sprach er sich dann tröstend Mut zu und krempelte den Stadtplan zurecht, „er wird mir den Weg schon weisen!"

Doch bis zum frühen Abend des 30. Juni hatte der das Flehen seines treuen Jüngers nicht gehört. Irgendwo im

Norden Berlins, zwischen abgetakelten Sportanlagen und einem neu erstellten Supermarkt, saß Relling verzweifelt in der offenen Schiebetür des Campers, kaute auf einem trockenen Brötchen herum und schüttete Coffein in sich hinein.

Viel hatte er gesehen von Berlin, die verschiedensten Objekte inspiziert; war gefahren, umhergelaufen, über Zäune geklettert, durch Maueröffnungen gekrochen, durch manch zerborstene Fenster gestiegen, weitergefahren. Keine Spur von Maria, kein Lebenszeichen, nichts. Dabei hatte er längst nur einen Bruchteil der Stadt erkundet. Und wieder lag eine Nacht vor ihm, in der er nur ein paar Stunden am Straßenrand schlafen würde.

Heute Morgen hatte er, als er zufällig an einem Haus der katholischen Mission vorbeigekommen war, dort geklingelt und, nachdem seinem dringenden Ersuchen stattgegeben worden war, sich den Luxus einer warmen Dusche gegönnt, danach Maria zu Ehren den zweiten weißen Anzug nebst dem anderen neuen Hemd angezogen.

So saß er nun ganz in Weiß, aber immer noch barfuß, auf der Schwelle des Campers, massierte seine geschundenen blutigen Füße und starrte kauend auf das Werbeplakat der Diskothek *change,* das an einem Zaun hing. Alle im Alter über 40 sollten in die neue Woche tanzen.

Relling hörte auf zu kauen. Was, wenn es die Satanisten genauso machten? Wenn zwar der 1. Juli, der morgige Montag, ihr Feiertag ist, aber *Satans Festnacht* die Nacht zu diesem Feiertag bedeutet? Sie also heute Nacht feiern? Nämlich jetzt, genau in diesem Moment, damit beginnen? Dann waren Maria und das Kind jetzt, genau in diesem Moment, verloren!

Die Panik, die ihm den Atem nahm, ließ ihn auch das Schrillen überhören. Erst allmählich erkannte er in dem Läuten eines antiken Telefons den Anrufton seines Handys. Relling spuckte den Rest Teig aus und stocherte in der rechten Hosentasche herum. „Maria!", rief er, gleichzeitig erfreut und zweifelnd. Aber hier war kein Handy. Er klopfte prüfend auf die linke Tasche, nichts. Fahrig griff er in die Innentasche der Anzugjacke und zog endlich das Telefon heraus. Zitternd tappste er den Zeigefinger auf das Display und riss das Gerät an sein Ohr.

„Hallo", schrie er, „Maria?"

Doch das Telefon war stumm.

Relling nahm es herunter und starrte auf das Display. Ein entgangener Anruf, eine Nummer, die er nicht kannte. Er tippte auf *Anrufen*. Sekunden vergingen.

„Ja bitte?", meldete sich endlich eine atemlose Männerstimme.

„Hier ist Pfarrer Relling. Haben sie mich gerade angerufen?"

„Ach so, ja. Gott zum Gruß!", ließ sich der Teilnehmer am anderen Ende vernehmen. „Ich bin Bruder Claudius, erinnern sie sich? Abtei St. Matthias in Trier – ich habe sie zu Herrn Hansen geführt."

„Grüß Gott, Bruder!", bekam Relling seine Enttäuschung in den Griff. „Was ist?"

„Nun", antwortete der Klosterbruder, „unser Gast, Herr Hansen, ist letzte Nacht verstorben. Friede seiner Seele!"

„Das ist traurig", bedauerte Relling. „Möge er in Frieden ruhen. Der Herr sei mit ihm, das ewige Licht leuchte ihm."

„Ja, in Ewigkeit, Amen. Aber er hat sich im Todeskampf noch an etwas erinnert, ich soll es ihnen unbedingt ausrichten."

„Was?", schrie Relling. „Was ist es?"

„Ein Straßenname", wusste Claudius konsterniert.

Relling mühte sich um Atem und Ruhe. „Bruder Claudius, gebt mir jetzt diesen Namen und der Antichrist wird besiegt werden!"

„Soelzstraße", hörte Relling eine verwunderte Stimme, „Soelzstraße hat der Sterbende noch gesagt."

Auflegen, in den Bus springen und nach dem Stadtplan greifen, war ein und dieselbe Bewegung für Relling.

Soelzstraße! Die lag im Südwesten, gehörte aber schon zu Potsdam! Direkt an der Grenze zu Berlin! Da hätte er noch Jahre hier herumfahren können!

Mechanisch warf er die Schiebetür zu, stieg auf den Fahrersitz, startete den Motor. Quer durch die Stadt. Maria.

Mit den Fotos der Radargeräte, die ihn blitzten, würde er zu Hause sein ganzes Pfarrhaus neu tapezieren können. Aber in dieser Situation gab es für ihn weder Geschwindigkeitsbeschränkungen noch rote Ampeln.

Ruckartig riss er das Lenkrad herum. Vor lauter Stadtplan hätte er beinahe die Abzweigung verpasst. Das musste die Soelzstraße sein, aber es war nirgends ein Straßenname zu lesen. Langsam fuhr er weiter.

Ein Teil der Fassade eines ehemaligen Baubetriebes stach ihm mit seinen grellen Farben und bizarren Schriften in die Augen. In einem der Fenster hing ein großes Plakat mit einer Handy-Nummer darauf für die, die Möbel kaufen und darum den Besitzer erreichen wollten. „Das ist es wohl nicht", sagte Relling vor sich hin. „Sie werden wohl kaum ihre Telefonnummer aushängen!" Falls er nicht das richtige Gebäude finden würde, würde er nachher trotzdem hier nochmals nachsehen.

Der Bus rumpelte durch ein paar Schlaglöcher. Diese ehemalige Gärtnerei dort drüben schied ebenfalls aus, viel zu viel Glas. Trotzdem musste hier irgendwo eine Veranstaltung sein, hie und da waren Autos geparkt; verteilt zwar, aber alle eher neu und mit Zulassung. Zu den kaputten Firmen gehörten die sicher nicht. ‚Könnte aber auch irgendwas Kulturelles sein`, zweifelte er dennoch.

Nach zwei weiteren Kurven bot sich rechts ein Abzweig an. Relling bog ein und steuerte bald darauf auf ein hohes Tor zu. Offensichtlich der einzige Durchlass in der etwa drei Meter hohen Mauer, die auf beiden Seiten von dem mit Sichtschutzplatten bekleideten Tor abging und das Grundstück zu umsäumen schien. Er lenkte den Bus nach links, pflügte durch hohe Gräser und ein paar wilde Büsche, brachte ihn mit etwa einem Meter Abstand längs der Mauer zum Stehen.

‚Wenn das nicht der richtige Ort ist, wo dann?`, dachte er und sprang nach hinten. Er riss die Schiebetür auf, zerrte den Campingtisch hervor, klappte ihn auf und platzierte ihn zwischen Bus und Mauer. Einen aufgeklappten Stuhl stellte er auf den Tisch. Vom Bus stieg er auf den Tisch, schaukelte in der Hocke ein paar Male hin und her, damit der Tisch auf dem unebenen Grund in einen möglichst stabilen Stand kam, zog den Stuhl näher zum Bus, kletterte darauf und hangelte sich auf das Dach des Campers.

Vorsichtig richtete er sich ein wenig auf und sah über die Mauer. Nach einem größeren Hof kam eine Art

Werkstatthalle mit einem angeschlossenen Nebengebäude. Zu sehen war niemand. Allerdings meinte er, gerade eine Art Chorgebet aus mehreren Stimmen gehört zu haben. Während er angestrengt lauschte, nahm er immer wieder einen schwachen, flackernden Lichtschein hinter den abgedunkelten Lichtbändern der Halle wahr.

,Die Polizei anrufen!', fuhr ihm in den Sinn. Aber er zögerte. Wenn sie ihm überhaupt glauben würden, mit welchem Recht sollten sie dann in das Gebäude eindringen? Gefahr im Verzug? Und wenn es doch nur eine Theatergruppe war? Er brauchte mehr Informationen, musste sehen, was da drin los war.

Er legte sich flach auf den Bauch, schob die Beine über den Rand des Fahrzeugdachs und ließ sich hinunter auf den Stuhl rutschen. Von hier kletterte er zurück in den Bus, begann nach der Rolle mit dem Abschleppseil zu wühlen. „Punkt eins", brummelte er vor sich hin, zog ein Stück des Seils aus der Rolle und verknotete es am Haltegriff über der Schiebetür.

„Zweitens", zählte er den Plan herunter, der sich in seinem Kopf zusammenfügte. Er nahm die Reisetasche der Kommissarin und leerte sie aus. Den Handscheinwerfer mit dem extra starken Akku, den ein Mitglied seiner Gemeinde ihm für den Camping-Urlaub geschenkt hatte, legte er hinein.

„Die haben wir auf der Baustelle", hatte der Mann ihm erklärt. „Der reicht, um einen ganzen Campingplatz auszuleuchten!"

Teil drei ließ Relling zögern. „Drohen damit ist keine Todsünde", überwand er seine Zweifel, „nur schießen!" Beherzt rollte er das Handtuch auf, in das er die UZI die letzten Tage eingewickelt hatte, damit sie nicht offen sichtbar im Bus lag.

„Wie war das noch?", versuchte er sich an die Erklärung der Kommissarin zu erinnern. „Drei einfache Handgriffe." Er nahm die Waffe hoch. „Magazin rein", er stieß von unten dagegen. „Ist drin. Jetzt diesen Hebel nach hinten ziehen." Er setzte die UZI auf seinem Schenkel auf und riss den runden Knopf nach hinten. Ein Klacken verriet metallisch, dass jetzt etwas an seinem richtigen Platz und bereit war. „Den Wählhebel auf A wie automatic." Mit Daumen und Zeigefinger brachte er den schwarzen Hebel über den Buchstaben. Dann legte er die Maschinenpistole neben den Baustellenfluter in die Tasche, zerrte den Reißverschluss zu, zog das freie Ende des Abschleppseils zu sich herunter, verknotete es um die Tragegriffe der Reisetasche.

Mit der Tasche stieg er wieder hinaus auf den Tisch, rückte diesmal den Stuhl an die Mauer und stieg hinauf. Zuerst zerrte er die Reisetasche über seinen Kopf auf die Mauer, dann schubste er sie über deren Rand. Das Gewicht der UZI und des Scheinwerfers war groß genug, die Aufrollautomatik der Seilrolle außer Kraft zu setzen. Ein Surren verriet ihm, dass die Tasche auf der anderen Seite der Mauer war.

Unter Aufbieten der Kräfte, wie sie nur ein Verzweifelter oder Besessener haben kann, streckte sich Relling zum Mauerrand und zog sich mit einem Klimmzug hoch. Gleichzeitig zog er das rechte Bein an, bis er das Knie auf den Rand brachte. Kurz darauf saß er rittlings auf der Mauer. Mit beiden Händen griff er das Abschleppseil, legte sich erst auf den Bauch, ließ sich dann über den Rand gleiten. Er klatschte gegen die Mauer, das Seil pendelte hin und her, mit aller Kraft hielt er sich fest. Die Reisetasche baumelte um seine Füße, das Seil reichte nicht ganz zum Boden.

Prüfend sah er nach unten. ‚Ist ja nur noch ein Stückchen`, erkannte er und ließ sich fallen. Ein paar kleine, spitzige Kieselsteine bohrten sich in seine Fußsohlen, mit dem Rücken stieß er gegen die Wand. Stöhnend richtete er sich auf und öffnete die Tasche. Hektisch nahm er den Handscheinwerfer heraus, stellte ihn auf den Boden, nahm die UZI. Als er die leere Tasche losließ, surrte sie nach oben und verfing sich am Mauerrand.

Relling blinzelte in die schwindende Abendsonne, sah sich gründlich um. Niemand schien seine Aktion bemerkt zu haben.

‚Ich werde es machen, wie die in den komischen Filmen, die Maria immer geguckt hat.` Geduckt hetzte er über den Hof, die Lampe in der linken, die UZI mit der rechten Faust umklammert. Als er am Tor der Werkhalle angekommen war, hörte er dumpf Stimmen aus dem Inneren kommen. Jemand sagte etwas vor, viele sprachen es nach, immer lauter. Verstehen konnte er nichts, aber das System kam ihm doch sehr bekannt vor.

Sie mussten direkt hinter diesem Tor sein. Relling schlich am Gebäude entlang zur Tür des Nebentraktes. Vorsichtig drückte er die Klinke hinunter und schob langsam die Tür auf. Er wartete wie gebannt. Nichts geschah.

Er stellte den Scheinwerfer ab, nahm die UZI in die linke Hand. Er würde nicht schießen, auf gar keinen Fall. Dürfte er ja gar nicht, als Pfarrer! Aber vielleicht wurde es wichtig, ihm nicht gleich anzusehen, dass er kein Profi war. Er zog an dem Klappschaft und bog ihn nach hinten, bis er einrastete. Dann umklammerte seine Rechte den Pistolengriff der UZI. Er stemmte den Schaft gegen die Schulter, hob die Lampe auf und ging hinein.

‚Früher vermutlich ein Büro oder der Empfang`, dachte er sich. Ein Tisch und ein paar Stühle, das Fenster zum Hof mit einem Jutesack verhängt. Drei Türen gingen von hieraus ab. Eine stand etwas offen, dahinter war eine Stahltreppe zu sehen, die nach oben führte. Die andere schien in einen seitlichen Nebenraum zu führen.

Hinter der dritten, durch die man in die Halle gelangen musste, hörte Relling eine dunkle Stimme. „Zu Ehren Luzifers, dem Schöpfer und Herrscher der Welt, werden wir gleich diese Opfer bringen!" Ein Gemurmel aus vielen Kehlen erhob sich.

Relling ging zur Tür. ‚Das werdet ihr nicht, um Christi Willen werdet ihr das nicht!`

Nun hatte er also Gewissheit! Sollte er jetzt die Polizei rufen? Doch wie viel Zeit blieb noch, wenn schon von Opferungen die Rede war?

„Doch davor zeige ich euch etwas Einmaliges!", fuhr die dunkle Stimme fort. „Etwas, das die Macht Satans belegt! Etwas, das zeigt, wie richtig es ist, dass er der Herr aller Schöpfung ist! Ich zeige euch das Elixier allen Seins, womit seine Herrschaft durch uns für alle Zeit gefestigt wird!"

Für Relling war damit klar, dass sie die fehlenden Blätter der Teufelsbibel beisammen hatten.

Er hörte, wie die Stimme nicht nur durch diejenige Tür drang, die mit Sicherheit in die Halle führte, sondern auch von der Treppe hinter der offen stehenden Tür kam.

„Auch das wird nicht sein", murmelte er entschlossen, während er euphorisches Rumoren vernahm. „Keine Opfer und keine Macht!" Relling schlich zur Treppe. „Vater unser, der du bist im Himmel, geheiligt werde dein Name!" Mit allem Mut nahm er die erste Stufe.

Die Stimme aus der Halle wurde lauter. „Satan, wir loben und wir preisen dich!"

Relling stieg hinauf. „Führe uns nicht in Versuchung, sondern erlöse uns von dem Bösen."

„Fürst der Finsternis", hallte es Relling entgegen, „gib uns die Kraft, die Pfaffenbrut dieses Jehova zu zerschmettern!"

Der Pfarrer verharrte einen Moment. Sie würden ihn nicht schonen, wenn sie ihn zu fassen bekämen. „Ich glaube an Gott, den Schöpfer des Himmels und der Erde, und an Jesus Christus, seinen eingeborenen Sohn!", sprach er leise. „Lieber Gott! Wenn ich gleich sterben muss und diese Treppe mein letzter Gang ist, dann mach, dass sie mich in den Himmel führt!" Entschlossen nahm er die letzten Stufen. „Stairway to Heaven. Denn dein ist das Reich, und die Kraft, und die Herrlichkeit! In Ewigkeit, Amen!"

Oben angekommen, mussten sich seine Augen erst an das Halbdunkel gewöhnen. Er befand sich auf einer Art Empore. Vorsichtig ging er gebückt nach vorn zum Rand und stellte die Lampe ab. Er blickte auf einen Saal hinab, der ihm, nur von Kerzen beleuchtet, wie ein Theatergraben ein grausames Schauspiel bot.

Zahlreiche mit braunen Kutten und Kapuzen Vermummte bildeten in zwei, teilweise drei Reihen einen großen Kreis um einen Tisch, auf dem ein etwa 5-jähriger, nackter Junge in Ketten lag. Im ersten Moment dachte Relling, er sei tot. Aber sein Brustkorb hob und senkte sich regelmäßig, er schien zu schlafen. Am Kopfende stand rechtwinklig ein weiterer Tisch mit verschiedenen Utensilien, Relling konnte ein paar Messer und einen Totenschädel erkennen. Einige Frauen mit schwarzen Umhängen, manche hatten sogar Kinder dabei, waren in der Menge verteilt. Die Hintersten im Kreis, ihm mit dem Rücken zugewandt, waren etwa vier bis fünf Meter von ihm entfernt. Direkt unter der Galerie schien niemand zu sein.

Dann entdeckte er die Kommissarin. Sie war, ebenfalls nackt, mit ausgestreckten Armen und Beinen an ein X-förmiges Kreuz gebunden. Ihr Körper war übersät mit Striemen und kleinen Schnitten, aus denen Blut gelaufen und auf der Haut angetrocknet war. Der Kopf hing kraftlos nach vorne.

Neben ihr stand einer in einer schwarzen Kutte, mit der Maske eines Ziegenbocks vor dem Gesicht. ‚Der Hohepriester`, schoss es Relling in den Kopf. Direkt hinter dem waren zwei Hünen, die zwischen sich senkrecht einen mannshohen Stab hielten, der mit schwarzem Stoff umwickelt schien.

Dahinter stand noch jemand mit einer schwarzen Kapuze, das Gesicht mit einer ebensolchen Stoffmaske verhüllt. Er hielt die Arme vor der Brust gekreuzt, hatte die Hände in den Ärmeln seiner Kutte versenkt. ‚Ein Beobachter`, dachte Relling.

Im Hintergrund stand ein jüngerer Mann auf den Zehenspitzen, die Arme steil nach oben gestreckt. In seine Handfesseln war der Haken eines Deckenkrans eingehängt und auf eine Höhe gefahren worden, die es ihm gerade noch erlaubte, auf den äußersten Zehenspitzen zu stehen. Auch auf seinem Körper waren deutliche Spuren einer Folterung sichtbar.

„Drei Opfer bringen wir heute Satan, dem Herrn, dar!", donnerte der Hohepriester durch die Halle. „Diesen kleinen Polizisten", deutete er auf den Mann am Kranhaken, „diese Kommissarin hier", nickte er zu ihr hin, „und – mit der vollen Reinheit seiner Seele, dieses Christenkind!" Wie ein Schwert ließ er seinen Zeigefinger zum Altartisch schießen.

Die Menge stimmte ein Murmeln an.

„Drei Opfer - Luzifer, dem Herrn, zum Dank und zu Ehren!", schrie er weiter. „Drei Opfer - sehr gut, aber doch noch nicht genug! Denn er hat uns etwas Einmaliges geschenkt, einzigartig auf der Welt! Rollt es auf", wies er seine Schergen an.

Einer der beiden Hünen griff unten und oben an den Stoff des Stabes, den jetzt der andere allein hielt, und ging langsam seitwärts. Wie er die fast zwei Meter hohe Bahn abwickelte, wurden nach und nach riesige Blätter, die wie übergroße handgeschriebene Buchseiten aussahen, erkennbar. In Folie laminiert, glänzten sie in zwei Reihen zu je vier Stück vor dem schwarzen Stoff.

Bei den Versammelten brandete erstauntes Getuschel auf.

„Der Codex!", entfuhr es Relling leise.

„Dies", rief der Hohepriester mit aller Kraft seiner Stimme, „dies ist das eigenhändige Werk Satans, das ihn allein als Schöpfer und Herrscher der Welt ausweist!"

Frenetischer Jubel brach aus.

Der Hohepriester genoss die Euphorie und wartete. Als sie abebbte, hob er beide Arme auf Brusthöhe, um weiter zu predigen.

„Eine Fälschung!", schrie Relling aus voller Brust über

ihre Köpfe, kam ihm um den Bruchteil einer Sekunde zuvor.

Die Menge zuckte zusammen, einige schrien erschrocken auf, Köpfe drehten sich hin und her, suchten die Stimme.

„Gott allein ist Schöpfer und Herr der Welt!", schrie Relling und drückte den Einschalter der Baustellenleuchte.

Die Szenerie unter ihm lag in weißem, gleißendem Licht. Die Hinteren im Kreis, die bislang mit dem Rücken zu ihm standen, drehten sich um, hielten eine Hand oder einen Arm vor den Kopf, um das blendende Licht abzudecken und wichen zur Seite zurück.

Die beiden Schergen hatten die Stoffbahn nach hinten fallen lassen und kniffen die Augen zusammen, um etwas erkennen zu können. Doch sie konnten, wie alle anderen auch, nur ein helles Licht und dahinter eine ganz in Weiß gehüllte Gestalt erkennen.

„Und er kommt, um zu richten die Lebenden und die Toten!", improvisierte Relling lauthals.

Manche schienen erstarrt, einige schrien auf, Kinder kreischten.

Mit einem Seitenblick sah Relling, wie die Kommissarin schwach den Kopf hob. Sie lebte. Sie schien zu lächeln.

„Wer bist du?", hatte sich der Hohepriester grollend gefangen. „Der, für den wir dich halten sollen, sicher nicht!", lachte er heiser. „Ein Schauspieler wohl!"

Relling spürte intuitiv, wie der Hohepriester seinen Anhängern Sicherheit gab. Einige, die sich geduckt hatten, richteten sich wieder auf.

„Die Komödianten seid ihr!", skandierte Relling. „Gott allein ist die Macht. Ich bin sein Vertreter auf Erden!"

„So", grunzte der Hohepriester und griff sich blitzschnell einen der Dolche vom Tisch, „dann zeig mir mal, was dein Göttchen kann und ich zeige dir, welche Macht Luzifer, der Herrscher, hat!" Er drückte die Spitze der Klinge auf Höhe des Herzens mit solcher Kraft gegen die Brust der Kommissarin, dass die Haut aufsprang und Blut herausspritzte.

Später wusste Relling nicht mehr, ob er diese kleine Bewegung seines Zeigefingers, die sein Leben, sein Weltbild, alle seine bisherigen Werte und Auffassungen derart grundlegend verändern sollte, wirklich bewusst ausgeführt hatte.

Er hörte nur ein infernalisches Tackern, spürte, wie ständig etwas heftig gegen seine Schulter schlug und sah, wie sich plötzlich auf Brusthöhe rote Löcher in die Kutte des Hohepriesters bohrten und der von irgendeiner Macht nach hinten von den Beinen gerissen wurde.

Erst als er dann wahrnahm, wie sich einer der beiden Schergen sofort bückte, um das Messer aufzuheben und der andere im Begriff war, sich auf die Kommissarin zu stürzen, da zog er den Abzug mit klarem Verstand durch. Ein Mal, zwei Mal.

„Hinlegen!", schrie Relling. „Um Christi Willen, legt euch auf den Boden!"

Alle, gerade noch wollüstig bereit, Menschen zu opfern, gehorchten ängstlich.

Alle, außer diesem Anderen mit der schwarzen Kutte. Der versuchte, in dem Durcheinander gebückt zum Hallentor zu schleichen.

Relling senkte die Waffe ein wenig und ging ihm mit dem Lauf nach. ‚Claire Fabius`, kam ihm in den Sinn, ‚eine aufrichtige Journalistin, stirbt auf dem Dach meines Pfarrhauses, nur weil ihr eure dreckigen Fantasien ausleben wollt!` Noch ein Mal diese kleine Bewegung des Fingers. Nein, ihr Tod war nicht vergebens.

Der ranghohe Priester aus Amerika lag auf dem Boden, mit blutig zerschossenen Beinen, schmerzverzerrt; so schmerzverzerrt, wie der junge Kriminalbeamte, der den Tipp aus der Drogenszene bekommen hatte und dann mit der Kommissarin über die Mauer gestiegen war, am Kranhaken baumelte.

Ein starkes Flackern mischte sich in das helle Licht der Lampe. Es roch verschmort.

Relling suchte die Ursache, sah, wie die Stoffbahn mit den Blättern der Teufelsbibel lichterloh brannte. Eine große Kerze schmolz mittendrin, einer der Schergen musste sie im Fallen umgerissen haben.

Relling erkannte, dass davon nichts zu retten war. Kaum sichtbar huschte ein Lächeln über sein Gesicht. Dann aber versteinerte sich seine Miene. Er manövrierte die UZI auf die linke Seite, zog das Handy aus der Hosentasche.

‚Diesmal werden wir keine Kommunikationsprobleme haben', dachte er und wählte die Notrufnummer. „Ich möchte einen Mord melden."